戴思杰 著　　余中先 译

巴尔扎克与小裁缝

北京出版集团公司
北京十月文艺出版社

目录 | Contents

作者自序

我的这本小书，竟然在中国交上了好运。优秀的老翻译家、有傅雷传人之称的罗新璋教授将此书推荐到北京十月文艺出版社，遇上编辑韩敬群先生的热心支持，然后，由余先生翻译（我唯恐才力有限，辜负了他的文笔。数年来，本人一直是《世界文学》的忠实读者，余先生翻译的作品必读），于是，这本一个中国人用洋人的语言写的小说，又像变戏法似的，成了一本中文书。我有点身在梦中的感觉，飘飘然的，好似穷人衣锦还乡了似的。我有一个朋友，俄裔，美国籍，很不错的作家，他说他虽然深恶痛绝旅游，却不断地去外国旅行，全为了体验一下过海关出示美国护照时的骄傲心情。我自从有了在北京出书的好事以后，每次过海关，拿出中国护照的一瞬间，也觉得得意扬扬的，竟不亚于洋人。

写这本书的作者，比此时写序的作者年轻四岁，到法国已经十五年有余。当时身边的中国老朋友们皆入了法籍，买了房，开着车，过着平稳的法国小资产阶级的生活，出国旅行不用签证，"指哪里就打哪里"。我羡慕之余，不禁自问是否也摇身一变，入乡随俗，当洋人吧。我当时想，试一试，如果可以用法文写小说并发表，那就入法籍吧。由于是初试牛刀，用的语言又不是自己的母语，所以决定选一段自己最熟悉的生活经历来做素材，讲一个自己最熟悉的故事。这有点像老祖宗的"扬己之长，避己之短"。

伏案数月，唯一的感受是写小说过瘾，比写剧本愉快多了。在这之前，我曾用法文写过一些电影剧本，主要是为自己的片子写，也给一些法国导演、日本导演写过，但从来没有体会到写小说时的随心所欲。（也许是因为那些故事离自己的经历稍远？或是写剧本时总免不了要去算计在黑洞洞的大厅里放映时的观众心理？或是电影工业和经济的压力？）

小说写完之后，就寄到六个规模不一的法国出版社，大中小各选了二家，都是以前工作时就认识，打过交道，曾经希望我把他们某一本了不起的杰作做成电影。手稿寄出好几个星期后被退回了。六封客气的拒绝信。法文的一个特点是可以把很难堪的事说得娓娓动听。我的一个朋友的居留证到期了，收到警察局令人魂飞魄散的勒令出境书，开头的第一句话是：我们十分荣幸地邀请先生在某日之前离开法国国土。

几个月过去了。一个周末的晚上，不少朋友来到我在巴黎蒙巴纳斯的小屋里喝酒，吃四川火锅。巴黎唯一的妙处，就是常常和来自各国的流浪艺术家们瞎闹，穷欢乐，某种程度上，有点像知青生活。半夜以后，大家都喝醉了，有唱歌的，有跳舞的，一个作曲家，名叫让·玛丽·塞尼亚，在我放各种手稿的架子上随意抽了一本。他看了看说，这不是剧作。我说是小说，没人看得上。他看了几句后，乘着酒兴，竟站在椅子上，大声地朗诵了第一章，还博得了这群乌合之众一阵狂热的掌声。塞尼亚的定语是：亲切可爱。他说他认识伽利玛出版社的一个人，寄去试试。人生难测，我们写的东西也各有不同的命运，起伏跌宕，变幻无穷。于是，这本手稿很偶然地走进了书店，走到了素不相识的人家的书架上。

小说创作的一半，是作者，而另一半是由读者去完成的。这说起来属于老生常谈，但其中确有一点真理。我带着这本书，就像带着自己的儿子似的，周游列国，跟当地的读者讨论。有时候，他们的想法让我吓一大跳。最近一个美国批评家说，这本书讲了一个人类最古老的故事：一个男人想改造一个女人，反而被这个女人超越。其他的，什么文学啦，巴尔扎克，等等，都是幌子。我还曾遇到一个加拿大魁北克的评论家，他坚持说，这是一个同性恋故事。前不久，去斯洛伐克的首都布拉迪斯拉发（一个多古怪的名字），参加了一个当地的汉学界组织的讨论会，我的桌上竟放了一堆发黄的、蝴蝶形的银杏叶，还有一个中国的小瓷碗，里面有水，无色，水中有一些小石子，碗上面摆了一双筷子。我怔了一下，他们说碗中是盐水，我才恍然大悟：他们是在表现我的小说中的两场戏。他们解释说，这是他们最喜欢的两个段落。（我很吃惊，我个人一直窃窃私好队长补牙一段，记得下笔写时之愉快：一件在现实生活中不敢去做的事，竟然在小说中完成了。）

现在丑媳妇要见公婆了，小裁缝终于可以和中国读者见面。"中国人民的眼睛是雪亮的"，此话是永恒真理。尤其书中所叙的禁书年代偷书的故事，恐怕我们这一代人都经历过。哪一个年轻人当时没有摸过一本禁书呢？一代文学青年，世界史上恐怕没有哪一代人像我们一样对文学如此崇拜和倾倒吧。

原稿是用法文写的。我想到一个希腊裔的法国名作家的故事：他几年前回到故乡，他的母亲是一个希腊的话剧演员，会法语，演过莫里哀的戏。有一天，他母亲在厨房里做菜，他拿着录音机进去了，给母亲放了一段他在法国的一个广播电台上所做的采访录音。放了半个小时以后，母亲说，这家伙有点意思，但他什么时候才说完，什么时候才轮到你讲呢？

这是我听到过的一个很悲哀的故事，一个让我震动的故事：他说法语时的声音，完全变成了另一个人的声音，连自己的母亲也无法辨认出来。

　　但愿我用法文讲的故事，我自己的母亲还能听出她的儿子的声音。

戴思杰

2003年4月于巴黎

第一章

这个村的村长，一个五十来岁的男人，盘腿坐在房间的中央，靠近一个在地上挖出的火炉，火炉中燃烧着熊熊的炭火；他仔细打量着我的小提琴。照他们看来，在阿罗跟我两个"城里娃儿"带来的行李中，只有这一件家伙似乎在散发着一种陌生的味道，一种文明的气息，也正好唤醒了村里人的疑虑。

一个农民提了一盏油灯凑近来，想辨认一下这到底是什么玩意儿。村长直溜溜地提溜起了小提琴，察看共鸣箱的黑洞，就像一个海关关员在小心翼翼地稽查毒品。我注意到他的左眼中有三点血污，一点大，两点小，全都是鲜红鲜红的颜色。

他把小提琴举到眼前，使劲地晃了晃，仿佛等着什么东西从共鸣箱那黑乎乎的深洞里掉出来。我觉得琴弦就要被晃断了，拉琴弦面板就要裂成碎片飞溅起来。

全村人几乎都来了，待在位于山顶偏僻处的这座吊脚楼底下。男人们，女人们，孩子们，有的挤在屋子里，有的趴在窗户上，有的在门口推推搡搡。见没有东西从我的琴里头掉出来，村长便把鼻子凑到黑洞前，使劲地嗅了一嗅。几根粗粗的毛，又长又脏，从他左边的鼻孔中支棱出来，开始微微地抖动。

始终没有任何新迹象。

他那长满老茧的手指头划过了一根弦，然后又是另一根弦……

一种陌生的声响在屋内荡漾开来，人群立即全都愣住了，仿佛这声音迫使每个人都肃然起敬。

"这是个玩具。"村长庄严地宣布说。

这一声宣判让我们无话可说，阿罗和我都默不作声。我们匆匆交换了一个眼色，心中很是不安。我在问我自己，这事情会怎么收场。

一个农民从村长手里拿过"玩具"，用拳头轻轻敲了敲背面的共鸣箱，然后把它递给了另一个男人。有好一阵子，我的琴在人群中传来递去，团团地转着圈。没有人理睬我们了，我们这两个城里来的男孩，瘦弱、单薄，神态疲惫，模样可笑。我们在山里整整走了一天，而我们的衣服、我们的脸、我们的头发全都沾上了泥巴。我们活像是电影中的两个反动派小兵，在吃了败仗之后，陷身于武装民兵的汪洋大海之中。

"一个傻乎乎的玩具。"一个声音沙哑的女人说。

"不对，"村长纠正道，"一个资产阶级的玩具，从城里来的。"

一阵冷意穿透了我的心，尽管屋子中央燃着熊熊的炉火。我听到村长又加了一句：

"应该把它烧了！"

这道命令立刻在人群中激起了一番明显的骚动。所有人都说起话来，吵吵嚷嚷的，你推我挤——每人都想夺过那"玩具"，亲手把它扔到火堆里。

"村长，这是一件乐器，"阿罗开口说话了，神态落落大方，"我的这个朋友可是一个优秀的音乐家，我说这话绝不是在开玩笑。"

村长又一把抓住小提琴，重新察看起来。然后他把它递给我，那意思是让我拉一曲。

"对不起，村长，"我不无尴尬地说，"我拉得不太好。"

突然，我看到阿罗冲我眨了眨眼睛。我心中很纳闷，便不由得拿起了提琴开始校音。

"你们将听到莫扎特的一段奏鸣曲，村长。"阿罗说，跟刚才一样镇定自若。

我不禁大吃一惊，简直无法相信自己的耳朵，难道他疯了吗？好几年以来，莫扎特的所有作品，甚至任何一位西方音乐家的任何作品，都已经禁止在国内演奏了。在我进了水的鞋里，湿漉漉的双脚一下子变得冰冷冰冷。我又一次打起了寒战。

"奏鸣曲是啥子东西？"村长问我，语气中透着怀疑。

"我不晓得，"我开始结结巴巴地说，"一种西方的玩意儿。"

"一种歌吗?"

"就算是吧。"我支支吾吾地回答。

当即,一种共产党员的警惕性重又闪亮在了村长的眼光中,他的嗓音变得充满了敌意:

"它叫啥子,你的那首歌?"

"它很像是一首歌,但它是一首奏鸣曲。"

"我在问你它叫啥子名字!"村长嚷道,两眼直瞪瞪地盯着我。

又一次,他左眼中那三点红红的血斑令我害怕。

"《莫扎特……》"我犹豫道。

"《莫扎特》还有啥子?"

"《莫扎特想念毛主席》。"阿罗又继续替我回答道。

好大的胆子!但是,它却十分有效:村长仿佛听到了什么神奇的指示,刚才还杀气腾腾的那张脸一下子就温和了下来。他的眼睛周围马上堆起了一层层的皱褶,露出了一丝幸福的微笑。

"莫扎特永远想念毛主席。"他说。

"是的，永远想念。"阿罗保证道。

当我紧着琴弓的马尾时，热烈的鼓掌声突然在我的身边响起，几乎让我有些害怕。我僵得麻木的手指头开始在琴弦上爬动，莫扎特的乐句返回到了我的脑海中，恰如忠诚可靠的朋友。农民们的脸，刚才还是那般的坚毅，在莫扎特清澈欢快的乐曲下变得一分钟更比一分钟温柔，仿佛久旱的禾苗逢上了及时的甘霖，然后，在煤油灯那摇曳不定的光亮下，渐渐地失去了它们的轮廓。

我演奏了好长时间，这期间，阿罗点燃了一根香烟，安安静静地抽着，听我拉琴，煞是一个成年人的样子。

这就是我下乡插队接受再教育的第一天。阿罗十八岁，我十七岁。

*

知识青年插队落户接受再教育是什么，这还得费两句嘴：在红色的人民中国，到了1968年底，某一天，革命航船的伟大舵手毛主席发动了一场运动，它将彻底地改变整个国家的面貌：大学统统关上了门，"知识青年"，就是说结束了中学学业的毕业生，被送到农村去"接受贫下中农的再教育"。（多年之后，这一史无前例的思想启迪了亚洲的另一个革命领袖，一个柬埔寨人，而他则做得更绝更彻底，把首都金边的全部居民，不分男女老幼，统统赶到了"农村中"。）

促使毛泽东采取这一决定的真正理由，人们始终还不太清楚：他是不是想对开始摆脱他控制的红卫兵做一个了断？或许这是一个伟大的革命幻想家的奇思怪想，渴望创造出一代新人来？任何人都无法回答清楚这一问题。在那个时代，阿罗和我也曾经常偷偷地讨论，就像两个阴谋家那样。我们的结论如下：毛泽东不喜欢知识分子。

在这一重大的人类实验中，我们既不是最初的也不是最后的试验品。那是在1971年的年初，我们来到了位于穷乡僻壤深山老林中的那座吊脚楼，为村长演奏了小提琴。我们远远还不是最不幸的人。数以百万计的知识青年走在了我们的前面，又有数以百万计的知识青年跟在我们的后面。只有一件事似乎很像是命运的嘲讽：阿罗也好，我也好，我们谁都不是中学生。我们从来就没有机会在中学的教室中坐上哪怕一分钟。我们只不过是在小学里读完了三年书，然而人们还是把我们送到了农村，我们就这样被称为了"知识青年"。

如果不是想招摇撞骗一番，那么就很难把我们真正地当作两个有知识的青年，我们在学校中所获得的知识几乎等于零：在十二到十四岁之间，我们一直等待"文化革命"走向平静，等着学校重新开门。但是等到我们后来回了学校复了课，我们的心中又充满了失望和苦涩：数学课取消了，物理课和化学课也遭遇了同样的厄运，"基础知识课"只是局限于工农业生产的简单知识。在课本的封面上，我们能看到一个工人的形象，戴一顶鸭舌工作帽，挥舞一把巨大的铁锤，胳膊跟史泰龙一样粗①。在工人的身边，往往是一个女农民，头上围一条红围巾。（当时在中学生中间流传着一个笑话，说她的头上围着的是她的卫生

---

① 史泰龙是美国的好莱坞电影明星，肌肉发达，在一些打斗片中扮演硬汉的角色，如《第一滴血》中的兰博。中国的观众从改革开放之后才欣赏到他演的电影。

巾。）那些教材以及红塑料封皮的《毛主席语录》，在好多年里，一直是我们唯一的知识来源。所有其他的书全都被禁了。

我们被拒绝进入中学，但我们却被迫扮演知识青年的角色，那全是因为我们父母的关系，他们在那时候被当作阶级敌人，尽管落到他们各自头上的严重罪名也不全然相同。

我的父母是从事医学工作的。我父亲是医治肺病的医生，而我母亲是寄生虫病专家。他们俩都在成都医院工作。这城市的人口有四百万。他们的罪名全都是"资产阶级臭权威"，但这名声还是在小范围之内，尽管成都作为大城市，是拥有人口达一亿之众的四川省的省会，但它毕竟在中国的西南部，离北京那么远，而离西藏倒很近。

跟我的父亲相比，阿罗的父亲则是一个真正的名人，一个全国闻名的牙科医生。"文化大革命"前的某一天，他对他的学生们说他曾经为毛泽东主席、为毛泽东的夫人做过假牙，而且还为蒋介石看过牙，当然那是在他被共产党赶下台之前的事情。说实话，多年以来天天看着毛主席的画像，不少人早已注意到他的牙很黄，几乎有些脏，但是，谁都闭口不谈它。而这一下，一个著名的牙医当众说了那样的话，说革命事业的伟大舵手戴着一副假牙；这已经是胆大包天的恶毒冒犯，一桩严重的不可饶恕的罪行，比泄露一个国防机密还要更严重。他的受惩罚其实还有一个更重要的原因，他居然胆敢把毛主席夫妇的名字跟那个最不齿于人类的臭狗屎的名字相提并论：蒋介石。

好几年以来，阿罗的家就在我家隔壁，在一栋砖楼最高的四层楼上，同一条楼道中。他是父亲的第五个儿子，是母亲唯一的儿子。

毫不夸张地说，阿罗是我一生中最好的朋友。我们是一起长大的，我们的友谊经历了各种各样的考验，有时还是很严峻的考验。我们之间很少争吵。

我永远记得我们仅有的一次打架，或者不如说是他打了我的那一次：那是在1968年。他差不多有十五岁，而我刚满十四岁。那是在一天下午，我们父母工作的那个医院召开了一个批判大会，会议在一个露天的篮球场上进行。我们两人都知道，阿罗的父亲是这次会议的批斗对象，一个公开揭发出来的新罪行正等待着他。大约五点钟时，谁都还没有回家，于是，阿罗让我陪他去那里看看。

"咱们去认一认哪些人揭发殴打了我爸爸，"他对我说，"等咱们长大了，一定找他们报仇。"

篮球场上早已坐满了人，一片黑压压的人头。天气很炎热。高音喇叭哇啦哇啦地响个没完。阿罗的父亲跪在主席台的正中央。一块很大的水泥板挂在他的脖子上，非常沉重，铁丝深深地勒进了他的皮肉中，几乎已经看不出了。水泥板上写着他的姓名和他的罪名：**反动分子。**

尽管隔着三十来米距离，我觉得还是看见了，在地上，在阿罗父亲的脑袋底下，有一摊黑乎乎的斑点，那是他滴下的汗水洇湿了地面。

一个男人恶狠狠的嗓音在高音喇叭中响了起来：

"老实坦白你跟这个小护士睡过觉了！"

他父亲低着头，腰弯得越来越低了，人们简直要担心他的脖子会被水泥板压断。一个男人把一个麦克风举到他的嘴边，于是人们听到了传来一声"是的"，非常微弱，几乎颤巍巍的。

"老实坦白，事情经过是怎么样的？"审问者在高音喇叭中嚷道，"是你最先碰的她，还是她先碰的你？"

"是我。"

"后来呢？"

几秒钟的沉默。随后，整个人群像一个人似的叫嚷起来：

"后来呢？"

这一声喊，有两千来人重复，像是一记炸雷轰响，从我们的头顶上滚过。

"我走近……"罪人说。

"还有！交代实际情况！"

"但是，我刚刚碰了碰她，"阿罗的父亲承认道，"我就倒……在了云雾中。"

我们离开了，这一群狂热审问者的吼声又开始零零落落地传来。在路上，我突然感到眼泪流了下来，我明白了，原来我是多么爱这位老邻居，著名的牙医啊。

就在这一刻，阿罗打了我一记耳光，一句话都没有说。这打击是那么突如其来，我差一点儿当场摔倒在地。

*

　　在1971年这一年，一个肺病科医生的儿子，跟他的伙伴，一个曾经有机会碰了毛主席牙齿的阶级敌人的儿子，就这样来到了小山村，我们只不过是来到这座高山插队落户的百十来个男女"知识青年"中的两个。这座高山被当地人称为"天凤山"，一个充满诗意的名字，有一个滑稽的说法可以告诉你们它那可怕的高度：可怜的麻雀或者平原上的普通鸟儿永远也飞不上它的顶；能够飞上去的只有传说中跟天有关的一种鸟，凤凰，它强壮有力，高傲而又孤独。

　　没有任何公路通到那里，只有一条窄窄的羊肠小道，在一堆堆巨大的岩石、尖峰之间蜿蜒而上，周围全是奇形怪状、大小各异的石头，远远望去，崇山一道接着一道，峻岭一重连着一重。要想看到一辆汽车的影子，听到一记喇叭声——这文明的信号，或者要想闻到一家餐馆的气味，你就得在这大山中走上两天。在一百多公里之外，在雅江的边上，坐落着小小的荥经镇——这是离得最近的城镇。唯一一个曾来过这里的西方人，是一个法国的传教士，米歇尔神甫，他在上世纪40年代来这里寻找另一条通向西藏的道路。

在他的旅行日志中，这位耶稣会教士这样写道："荥经县并不缺乏有趣的地方，尤其是它的一座山，叫作天凤山。这是一座以出产黄铜矿而闻名遐迩的山，其铜专用于铸造钱币。据说，公元一世纪时，汉朝的一位皇帝把这座山赐给了他最爱的一个嬖臣，宫中的一个大太监。①当我举目遥望它那巍然屹立的座座峰巅，我看到一条羊肠小道在陡峭的崖岩之间阴暗的缝隙中盘旋而上，仿佛在云雾中蒸腾。一些卖苦力的脚夫，如同牲畜一般负载着一大包一大包的黄铜，用皮带绑在背上，沿着这小道爬下来。但是有人告诉我，很久以前，这里黄铜的产量就在减少，主要原因便是缺乏运输工具。现在，这座山的特殊地理环境导致当地的居民大量地种植起了鸦片。还有人劝我不要走进

---

① 此处皇帝当指汉文帝，嬖臣为邓通。文帝曾赐邓通蜀严道（即荥经）铜山，可自铸钱，因此邓氏钱流布天下。

这座山：所有的鸦片种植者全都武装起来了。收获季节过后，他们就开始袭击过往的旅客。于是我便满足于远远地眺望这一偏僻而又荒蛮的地方，只见它被巨大的树木、缠绵不休的藤蔓、茂密的植物遮天蔽日地笼罩起来，仿佛真的变成了剪径打劫的绿林强盗出没无常的宝地。"

天凤山包括二十来个村庄，零星地散布在唯一一条绵延不断的山间小道的沿线，或者隐藏在阴暗闭塞的山坳中。一般情况下，每个村子要接待五六个城里来的青年。但是我们那个村，高高地盘踞于山顶上，是所有村庄中最贫穷的，只有能力接收两个人：阿罗和我。村里的人们就把我们安顿在那座吊脚楼里，就是村长检查我小提琴的那座楼里。

这座楼属于村里，原先并不为住人而修造。在高高地搭建在木头桩子上的房子底下，有一个猪圈，养着一头肥母猪，它也是集体的财产。房子本身是用陈旧的原木造的，没有上漆，也没有天花板，它用来囤放玉米、水稻和一些损坏的农具。这也是村里人偷情幽会的一个理想地点。

多年以来，我们接受再教育的知青点一直就没有家具，甚至连一张桌子或者椅子都没有，它只有两张临时凑合的床，搭在一个没有窗户的小房间里，靠着一面墙。

然而，我们的吊脚楼很快就成了小村的中心：所有人都到我们这儿来，也包括村长，始终带着他左眼中那三点红红的血斑。

所有这一切全靠了另一只"凤凰"，很小很小，几乎微乎其微，不过它不是天凤，而是地凤，而它的主人就是我的朋友阿罗。

*

实际上，它并不是一只真的凤凰，而是一只有孔雀般羽毛的高傲公鸡，一身绿莹莹的毛色，带着深蓝色的条纹。在一层脏兮兮的玻璃底下，它迅速地低下脑袋，尖尖的红木硬喙啄击着看不见的地面，与此同时，长长的秒针慢慢地绕着圆盘转动。然后，它重又抬起脑袋，硬喙张开，抖动身上的羽毛，显然十分满意，似乎啄食够了想象中的谷粒。

阿罗的闹钟很小，而这只每秒钟都在动的公鸡就藏在这小小的闹钟里头！兴许正是靠了这小小的尺寸，它才在我们来到的那天，逃过了村长的检查。闹钟差不多只有一只手的手掌那么大，但是闹起来时声音十分悦耳，充满了温柔。

我们来之前，在这村子里，还从来没有过什么闹钟，更不用说什么手表啦、挂钟啦，人们始终靠着看太阳从东边升起到西边落下，估摸着时辰来过日子。

我们万分惊讶地看到，小闹钟居然在农民中赢得了一种真正的权威，所有人都来看它，仿佛我们的吊脚楼就是一座庙。每天早晨，都是同样的仪式：村长一边在我们的楼下来回踱着步，一边抽着他那竿跟老猎枪那么长的竹烟竿。他的眼睛一刻都不离开我们的闹钟。到了九点整，他便吹响一声长长的震耳的哨子，让全村人都下地干活去。

"到点了！你们全没有听见吗？"他冲着各处的房子大声喊着，"到点了，都去干活啦，这帮子懒鬼！你们还磨磨蹭蹭等啥子嘛？这帮龟儿子！……"

阿罗也好，我也好，我们都不太喜欢去这大山上干活，崎岖的山路又陡又峭，绵延向上，一直向上，直到消失在云雾之中，在这羊肠小道上连小车都推不过去，运输任何东西全靠人的肩背。

最让我们畏惧的，是背着粪尿上山：背上负着一只木桶，这木桶呈半圆柱形，正好紧贴着脊背，专门用来装各种各样的粪尿：人粪尿和牲畜粪尿；每天，我们都得往这些"背桶"里装上掺了水的粪便，把它们负在背上，一直攀到山上的田边，而那些田往往位于高山的顶上。你每走一步，都能听到粪水在木桶中逛里逛荡，就在你的耳根后响着。恶臭的屎汤一点一点地从桶盖中漾出来，溅到你的身上，沿着你的胸膛往下淌。亲爱的读者，我就不向你们描写失足的场景了，因为，你们都能想象到，要是一脚踩空的话，一条性命就没有了。

有一天，大清早，一想到正等着我们去背的粪桶，我们就实在不想起床。当我们听到村长的脚步渐渐传来的时候，我们依然还赖在床上。时间快到九点了，公鸡正一个劲地啄着它的吃食，突然，阿罗灵机一动，脑子里进出了一个好主意：他伸出小手指，把闹钟的分钟往反方向拨了一整圈，时针后退了一个钟头。而我们继续睡我们的觉。多么舒服啊，这一通回笼觉，更何况我们心里很清楚，这整整一个钟头里，村长就待在外面，嘴里含着竹烟竿，焦急地来回踱着步子呢。这番大胆而又精彩的发现，几乎把我们对村里农民的仇恨清除得干干净净，要知道，他们在早先可都是一些鸦片种植者，现在却摇身一变，成了新社会的"贫下中农"，而且还在对我们进行着再教育。

从那个历史性的早晨之后，我们就经常改变闹钟的时间，一切取决于我们的体力状况，还有我们的情绪好坏。有时，我们不是把指针向后拨，而是把它向前拨快一个钟头或两个钟头，为的是白天里可以早早收工。

就这样，到后来，连我们自己也弄不清楚确切的钟点了，我们终于彻底丧失了现在时的概念。

*

天凤山上经常下雨，三天里头倒有两天在下雨。很少有雷阵雨或者大暴雨，但是经常下小雨，从早到晚，哩哩啦啦，简直可以说这雨就下得没完没了。从我们的吊脚楼看出去，四周的层峦叠嶂始终笼罩在一层浓厚的阴霾中，这番幻觉般的景象让我们心烦意乱，尤其是因为，在房间里面，也是早早晚晚一团潮气，什么什么的全都发了霉，霉斑一天接一天地缩小着对我们的包围圈。这情景，比住在地窖里还更糟糕。

到了晚上，有时候，阿罗睡不着觉。他就爬起来，点燃油灯，钻进床底下，手脚趴地，在昏暗中寻找他以前扔在那里的烟头。他从床底下钻出来后，便盘腿坐在床上，把找到的那些潮湿的烟头全集中到一张纸（常常还是一封珍贵的家信）上，在油灯的火焰上烤干。然后，他捻动烟头，以一种钟表匠一般的耐心细致把烟丝收集起来，一丝一毫都不漏下。香烟卷好后，他就把它点燃，然后吹熄油灯。他始终坐在床上，在黑暗中抽着烟，谛听着深夜中的寂静，偶尔还能听到母猪的几声哼哼，它就圈在我们房间的楼下，正用它的长嘴拱着粪土堆。

时不时地，雨水持续得比平常更长久，断烟的时日也在延续。有一回，深更半夜里，阿罗把我叫醒了。

"再也找不到烟头了，床底下没有，角角落落里也没有。"

"那怎么办呢？"

"我浑身上下难受得要死，"他说，"你能不能给我拉一段琴？"

我连声答应，急忙演奏起来，尽管我的脑子当时尚未完全清醒。拉着拉着琴，我的脑子里就想起了我们的父母，我的父母和他的父母：我不知道，我那个当肺病科医生的父亲，或者他那个成了著名牙医的父亲，我们那曾经辉煌一时的父亲，在这天夜里，是不是能看到煤油灯微微的火光摇曳在我们的吊脚楼里，是不是能听见我的这一曲小提琴声，还有混杂在乐曲中的母猪的哼哼……但是，没有任何人看见，没有任何人听见，甚至连村子里的农民也看不见，听不见。住得最近的邻居离我们也有一百米之远。

屋外，雨还在下着。很偶然，那一天下了大雨，不是平常的那种细雨，而是一场大雨，暴雨，我们能听到雨点打在我们头顶屋瓦上噼里啪啦的响声。毫无疑问，夜雨更是增添了阿罗心中的忧郁：我们注定了要一辈子在这里接受再教育。通常说来，一个出身于正常家庭的青年，工人家庭或者革命知识分子家庭的后代，如果不犯什么错误，按照党的机关报上的说法，有百分之百的机会在两年中结束再教育，然后就能回城与家庭团圆了。但是，对那些属于"阶级敌人"家庭的孩子来说，回城的机遇就远远地小得多了：千分之三。从数学计算上来说，阿罗和我已经被"排除"了。等着我们的未来，将是一辈子在这里劳动，最后变得年老秃顶，死在这吊脚楼里，身上裹上一条土产的白布。确确实实，你能感到自己是那么的消沉，那么的悲观，你受尽折磨，你无法合眼。

那一夜，我先是拉了一曲莫扎特，然后是一曲勃拉姆斯，接着是贝多芬的一段奏鸣曲，但是，即便是最后的那一曲，也无法让我朋友阿罗的精神重新振作起来。

"再来一段别的吧。"他对我说。

"你想听啥子呢？"

"来一点欢快的。"

我想了想，在我可怜的保留曲目中搜索着，但是什么都没找到。

　　阿罗开始哼起了一首革命歌曲。

　　"你觉得这一首怎么样？"他问我。

　　"漂亮。"

　　我立即用小提琴为他伴奏。这是一首藏族歌曲，人们把它的歌词改了，变成了一首歌颂毛主席的赞歌。尽管如此，它的曲调保留了充满生命力的快乐，还有永远无法驯服的野性力量。改编根本就无法抹杀这一切。阿罗越唱越激动，从床上站了起来，开始转着圈地跳起舞来。舞蹈中，雨滴从屋顶上没有合缝的瓦片之间漏下来，大颗大颗地落在了屋子里。

　　千分之三，我突然想到了这一比例。我还有千分之三的机会，而我那位现在成了舞蹈家的忧郁的抽烟人，他的机会还要更少。兴许有一天，当我把小提琴练得很出色时，当地县里或者地区的某个文艺宣传队，比如说荣经县的文艺宣传队，将会向我敞开大门，吸收我参加革命协奏曲的演奏。但是阿罗不会拉小提琴，也不会打篮球或者踢足球。他没有任何王牌可以参加"千分之三"的极其严酷的竞争。更糟糕的是，他甚至连做梦都不敢想。

他唯一的才华是讲故事，当然这是一种很讨人喜欢的才华，但是可惜啊，它没有什么出路，没有用武之地。我们毕竟已经不是在什么《一千零一夜》的时代了。在我们当代的社会中，无论是在资本主义社会，还是在社会主义社会，很不幸，说书都不再是一门职业。

在这世界上，唯一一个真正能欣赏阿罗的说书本领，甚至还慷慨大方地为他付报酬的人，就是我们的那位村长——美丽的口述故事的最后爱好者。

天凤山离现代文明是那么遥远，绝大多数村民一生中从来都没有看过哪怕一部电影，也不知道电影是怎么回事。时不时地，阿罗和我就给村长讲一讲几部电影的故事，吊起了他想一听再听的胃口。有一天，村长得到消息，说是某日里荥经镇上要放电影了，他决定让阿罗和我去看电影。从我们村赶去那里要走两天，回来又要走两天。我们应该在到达镇上的当天晚上看上电影。而一旦回到村里，我们必须给村长和全村的男女老少讲那部电影中的故事，要原原本本地全都讲述出来，从头到尾，一点都不能漏。

我们接受了挑战，但是，出于谨慎，我们一连看了两遍电影，在镇上中学的操场上看的，那里临时成了露天电影院。镇上的姑娘们长得真是俊俏，但是我们不敢偷看她们太多，我们的注意力基本都集中在银幕上，全神贯注地跟随着每一句台词和对话，留意着演员们的穿戴着装，他们的每一个细小动作，每一个场景的背景，甚至还有音乐的旋律。

我们回到村里后，一场史无前例的口述电影便在我们的吊脚楼前开演了。村长坐在第一排的正中央，他那长长的竹烟竿握在一只手中，我们的那只"地凤"闹钟抱在他的另一只手中，那是为了证实我们的进贡在时间上有没有打折扣。

我有那么一点点怯场，我分明看到，我自己只是在机械地展现每一个场景的背景，但是阿罗表现得恰如一个天才的说书人：他叙述得很少，而是轮流地表演每一个人物，时刻改变他的嗓音语调和动作姿势。他引导着故事的进展，设置下一个个悬念，提出一个个问题，让听众做出反应，还修正他们的回答。他什么都做到了，真是个干全活的人。当我们，或者还不如说当他，在规定的时间里结束了这一场表演时，我们的听众是那么兴奋，那么开心，他们甚至还不想离开。

"下个月，"村长面带命令式的微笑，向我们宣布，"我还要派你们去看另一场电影。你们可以记上工分，跟在大田里劳动一样的工分。"

一开始，我们似乎觉得这是一种有趣的游戏；我们从来都没有想过，我们的生活，至少是阿罗的生活，将会因此而动荡。

天凤山最美的公主穿着一双粉红色的鞋，布做的，柔软却又结实，透过这双鞋，人们可以追随她脚指头的运动，因为她每踩一下她那缝纫机的踏板，脚指头就在布鞋里一动一动的。这布鞋很普通，也很便宜，手工做的，然而，在这个差不多人人都打赤脚走路的地方，它们可就很惹眼了，仿佛是那么的精致和珍贵。她的脚踝，还有她的脚掌，形状都很好看，在白色的尼龙袜底下显得格外漂亮。

　　一条长长的辫子，有三四厘米粗，从她的后脑勺上垂下来，耷拉到她的背上，一直拖到她的胯部以下，发梢上扎着一条红红的头绳，色彩鲜艳，是丝绸编成的。

　　她俯身在缝纫机上，光洁的台板上倒映出她白衬衫的领子，她椭圆的脸蛋，还有她亮闪闪的眼睛，这双眼睛无疑是荥经县里最美的，甚至可以说是整个地区最美的。

一道又深又宽的山谷，把她的那个村和我们村隔开。她的父亲，山里唯一的裁缝，经常不在家里，不待在他那个既做裁缝铺又做住宅的又古老又宽敞的老屋里。他是一个颇受欢迎的裁缝，长年供不应求。当地有一个习惯，当某家人需要做新衣裳时，这家人首先要到荥经镇（就是我们去看过电影的那个镇子）的一家商店里买好衣料，然后登门来到他的裁缝铺，跟他商量这衣裳要做什么式样，价钱多少，老裁缝哪一天得空好去他家里上门做裁缝。到了约定的日子，那家人会起一个大早，亲自跑到裁缝铺，恭恭敬敬地来请他，还要带上几个壮汉，轮流地背着他那台缝纫机。

他有两台缝纫机。一台，他始终带着走村过庄，是一台老机器，机器掉了漆，你再也看不出原先是什么牌子，也看不出制造商的名字。另一台是新的，上海货，他留在家里，留给他的女儿，"小裁缝"。他从来不带女儿跟他一起走家串户，这个决定，说是明智却又无情，使得多少打算娶小裁缝为妻的青年农民连跟她说话搭腔的希望都破灭了。

老裁缝过着一种国王般的日子。当他来到一个村庄时，他激起的那一番热闹景象简直就像是过节一样。顾主的家，在缝纫机咔啦咔啦的转动声中，顿时就变成了全村的中心，这一天也给了这家人展示财富的机会。他们要给他做最好的饭菜，有时候，假如他的到来正好赶上年底，准备过年的这家人还要杀上一头猪。他轮流着在一个又一个顾主的家里住，经常在一个村庄里一住就是一两个礼拜。

一天，阿罗和我去看望四眼，四眼是我们在城里时的一个朋友，在附近的一个村子里插队落户。天下起了雨，我们在陡峭的山间小路上迈着小步，路面滑溜溜的，笼罩着一片白蒙蒙的雾气。尽管我们已经万般小心了，却还是好几次在泥泞的地上摔得四脚朝天。转过一个拐角后，突然，我们看到迎面走来了一队人，前后排成一字儿长阵，他们还抬着一把滑竿椅，上面稳坐着一个五十来岁样子的男人，他就是老裁缝。在这顶老爷轿后面，走着一个汉子，背着一台缝纫机，用带子紧紧地绑在背上。见我们迎面走去，老裁缝朝抬轿的汉子俯下身子，似乎在打听我们是什么人。

在我看来，他个子很小，瘦弱，脸上满是皱纹，但是很有精气神。他的轿椅，是一种简单化了的轿子，被绑在两条长长的竹竿上，平平稳稳地抬在两个脚夫的肩上，一人在轿前，一人在轿后。老远的，就可以听到轿椅和竹竿吱扭吱扭地响个不停，合着脚夫们缓慢而又踏实的脚步节奏。

就在轿椅快要跟我们擦肩而过的那一瞬间，突然，老裁缝朝我探过身子，近得我都能感到他吐出的气息：

"Way-o-lin！"①他使出吃奶的力气用英语喊道。

听到他那雷鸣一般的嗓音，我着实吃了一惊，他不禁哈哈地大笑起来。瞧那架势，简直可以说，他真正是一个任性的老爷。

"你们晓得吗，在这片大山中，我们的裁缝师傅是出门走得最远的人？"一个脚夫跟我们说。

---

① 此处当是英语Violin（小提琴）的拟音。

"年轻的时候，我甚至到过雅安，离荥经还有二百多里的路，"大旅行家向我们宣布说，却不等我们回答，"在我师傅的家里，墙上也挂着一把你这样的乐器，给他的顾客留下了深刻的印象。"

随后，他闭嘴不说了，他的人马走远了。

来到一个转弯处，就在他即将在我们的视野中消失之前，他朝我们转过头来，又喊了一声：

"Way-o-lin！"

他的脚夫，以及十来个随同的农民，全都慢慢地抬起头，发出一声长长的叫喊，他们嚷得是那么的走调，听起来似乎更像是一声痛苦的叹息，而不是一句英语：

"Way-o-lin！"

简直是一帮调皮捣蛋的孩子，他们全都像疯子一样地哈哈大笑起来。然后他们躬身低头，继续赶他们的路。很快地，这一队人马就消失在了迷雾之中。

几个礼拜后，我们走进了他家的院子。一条大黑狗虎视眈眈地盯着我们，不过它没有叫。我们走进了裁缝铺。老裁缝出门做生意去了，于是我们认识了他的女儿，小裁缝。我们请她帮着把阿罗的裤腿放长五厘米，因为他尽管吃的粗茶淡饭，又失眠缺觉，而且时时还要为未来担忧，却挡不住自己的个儿嗖嗖地见长。

在向小裁缝做了自我介绍后，阿罗告诉她，那一天，在浓雾中，细雨下，我们遇见了她的父亲，他还没忘了模仿并可怕地夸大了老人的糟糕口音。她听了并不生气，反而很开心地哈哈大笑。要知道，阿罗的模仿能力是与生俱来的。

我注意到，当她开口笑的时候，她的眼睛里透露出一种原始的自然，就像我们村里的那些野姑娘。她的目光中闪耀着光芒，像是未打磨的钻石和没有抛光的金属，而且，这一效果还因她长长的睫毛和微微上翘的眼角得到了加强。

"不要生他的气，"她对我们说，"他是一个老小孩。"

突然，她的脸上蒙上了一层阴影，接着便低下了眼睛。她用手指头轻轻地刮着缝纫机的台面。

"都是因为我娘死得太早。没有人管，凡事他总是想怎么着就怎么着。"

她被晒得黑黑的脸孔轮廓清秀，几乎有些高雅的味道。在她的脸部线条中，有着一种美，一下子就能让人感觉到，令人敬畏，使得我们无法抵抗心中的欲望，只想留在那里，看着她踩着那台上海产的缝纫机。

这间房既当作店铺，同时又是缝纫间和吃饭间；木头地板很脏，到处都可以看到黄兮兮或黑黢黢的痰迹，那是顾客们留下的，能够想象出它已经有好几天没擦了。做好了的衣裳挂在衣架上，悬在一根穿堂而过的长长的绳子上。角落里还堆着一匹匹布料，还有叠得整整齐齐的衣裳，上面爬满了蚂蚁。整个房间透着一片混乱，缺乏一种美学观照，一切处于一种彻底的矛盾状态中。

我看到一张桌子上放着一本书，很为这一发现感到惊讶，在一个没有人识字的山区，居然还能找到书；我已经有好长好长的日子没有碰过一页书了。我立即凑上前去，但结果却让我大失所望：那是一本衣料色彩图谱，由一家印染厂印刷的。

"你读书吗？"

"不太多，"她回答我，丝毫没有一点儿难为情，"不过，不要把我当作一个傻瓜，我很喜欢跟会读书写字的人，跟城里的知识青年聊天。你们没有注意到吗？你们进来的时候，我家的狗连叫都没有叫一声，它都晓得我的兴趣。"

她似乎并不想让我们马上就走。她从那把凳子上站起身来，点燃了放在房间中央的一个金属炉子，在火上放了一只锅，往里面添了一些水。阿罗一直眼珠子不错地盯着她来来去去，问她：

"你要给我们啥子喝，是茶水还是开水？"

"当然是开水啰。"

这意味着她很喜欢我们。在这个山区，假如有人请你喝开水，那就是说，他要在滚水中打一个鸡蛋，还要加上白糖，做成一碗糖冲蛋。

"你晓得吗？小裁缝，"阿罗对她说，"你和我，我们有一个共同点？"

"我们俩？"

"是啊，要不要我们打个赌？"

"赌啥子嘛?"

"随你赌啥子。我敢肯定,我可以向你保证,咱们有一个共同点。"

她思考了一会儿。

"要是我输了,我就白给你放裤腿,不收钱。"

"要得,"阿罗对她说,"现在,脱下你左脚的鞋子和袜子。"

一阵子犹豫之后,她按捺不住痒痒的好奇心,照样做了。她的脚,比她本人还要腼腆,却很有肉感,先是向我们显示了它美丽的线条,然后是一个漂亮的脚踝,还有亮闪闪的趾甲。这是一只小小的、青铜色的脚,半透明的皮肤底下,青青的血管隐约可见。

当阿罗也伸出他的脚时,一只黑黑的、脏脏的、瘦骨嶙峋的脚放在了小裁缝的脚旁边,我确实发现了它们的一个相似点:它们的第二个脚指头比别的脚指头更长。

回村的路很长,我们在下午三点左右就上路了,这样才能赶在天黑之前回到村里。

在小路上,我问阿罗:

"那个小裁缝，你喜欢她吗？"

他继续走他的路，低着脑袋，没有马上回答我。

"你是不是爱上她了？"我又问他。

"她不是有知识的人，至少对我来说，她还不够有知识！"

一道微光，在一条坑道尽头艰难地移动，坑道又长又窄，一片漆黑。这点微弱的光芒时不时地摇曳着，掉落下来，又恢复了平衡，并继续前进。有时候，坑道突然往下一拐，微光在好长一段时间中消失了；此时，只能听见一个沉重的箩筐在石头地上拖过的刺啦刺啦声，还有喘气声，那是一个男人一步一使劲时发出来的。喘气声回响在漆黑一团之中，伴随着一种回声，能传出好一段神奇的距离。

　　突然，微光重又亮起，活像是一头牲畜的眼睛，它的身躯被吞噬在黑暗中，迈着摇摇晃晃的步子前行着，像是在噩梦中一般。

　　那是阿罗，脑门上由一条带子绑定了一盏小油灯，浑身赤条条的，在一个小煤窑里干活。当巷道过于低矮时，他就四肢伏地地爬行，他肩头束着一条皮带，紧紧勒进肉里，凭借着这样的一套鞍辔，他拖着一只形状像船一样的大筐，里面装满了大块的无烟煤。

当他来到我跟前时，我便接替他。我也一样，赤条条的，浑身沾上了一层煤末，深入皮肤的每一道皱褶。我不像阿罗那样拖着那装满了煤的筐子走，而是在它后面推。快到坑道出口处时，必须攀上一段很陡的长长的斜坡，但是顶壁也比较高；阿罗常常帮我向上爬，爬出隧道，有时候还帮我把箩筐中的煤倒在外面的一大堆煤堆上：一阵浓浓的尘雾顿时飞扬起来，迷雾中我们便躺倒在地，累得筋疲力尽。

以往，天凤山，就如我已经说到过的那样，以它的铜矿闻名遐迩。（它们甚至有幸被写进了史书中，不过那是作为中国有史以来第一位专幸男宠的皇帝的慷慨礼物而载入史册的。）但是那些铜矿，长年以来废弃已久，早就成了一堆废墟。而那些小煤窑，规模小巧，都为人工开采，便成了所有村庄的共同遗产，而且始终开采不断，为山民们提供着燃料。就这样，像其他的知识青年那样，阿罗和我也无法躲过这一次持续两个月的再教育必修课。即便我们在"口述电影"方面取得了些成功，也不能使我们免除这一堂必修课。

说实话，我们之所以同意接受这一番地狱般的考验，是出于一种希望，希望能"继续留在队伍中"，尽管我们返城的机会遥遥无期，渺茫得很，只有"千分之三"的可能性。我们根本不曾料想到，这个煤窑将在我们的身上留下永远也抹不掉的黑色痕迹，身体上说是如此，精神上说更是如此。甚至时至今日，只要一提到"小煤窑"这可怕的三个字，我便会不寒而栗。

除了入口处，一段二十来米长的坑道，低矮的顶壁有一些支柱和横梁撑着，它们都是一些粗粗的树干，简单地凿削几下子之后，便匆匆地支撑在那里，而坑道中的其他地方，也就是说，七百多米的煤层采掘道中，没有采取任何的安全保护措施。随时随地，都可能有石块掉下来，砸在我们的头上。三个负责在掌子面挖煤的老农工，不断地给我们讲述我们到来之前发生过的恶性事故。

从坑道深处拖出来的每一筐煤，对我们来说，都成为了某种俄罗斯转轮决斗①。

有一天，我和阿罗都跟往常那样，推着满满的一筐煤，在长长的斜坡上向上爬，这时候，我听到阿罗在我身边说：

"我也不晓得为什么，自打我来到这里，我的脑子里一直转着一个念头：我觉得我会死在这口矿井中。"

他的话让我无言作答。我们继续在坑道中向上爬，但是我突然感到浑身被冷汗湿透。从这一刻起，我也被他的恐惧传染了，我怕我自己也会死在这里。

下煤窑的那段日子里，我们和其他农工一起住在一个宿舍里，那是一个简易的木棚，背靠山腰而搭，头顶上便是突出来的悬岩陡崖。每天早上，当我醒来时，我能听到水滴从岩石上滴下，落在用树皮铺盖着的棚顶上，于是，我便怀着一种轻松的心境对我自己说，我还没有死。但是，当我离开棚屋，我从来就不敢保证晚上还能不能回

---

① 所谓的俄罗斯转轮决斗，指决斗者使用左轮手枪，但枪中只有两颗子弹，而且决斗者并不知道子弹在弹槽中的哪一格。

来。任何细微的变更，比如说，农民们说得不得体的一句话，一个令人毛骨悚然的玩笑，或者一次天气变化，在我的眼中都具有了某种神谕的力量，成了宣告我即将死亡的预兆。

有时候，干着干着活，我的眼前便会出现幻象。突然之间，我觉得行走在一片软乎乎的土地上，有些喘不上气来。我刚刚意识到这可能就是死神来临，便仿佛看到童年的景象走马灯似的在我脑海里飞快地闪过，就像人们说到人快死时总是提到的那样。我每走一步，橡皮一般软的地面就开始在我脚下延伸开来，而在我的头顶上方，一声巨响震耳欲聋，仿佛顶壁塌了下来一般。我像个疯子一样，四肢着地拼命向上爬，这时候，我母亲的脸出现在了眼前黑乎乎的背景中，一会儿后又换作了我父亲的脸。这一切持续了短短的几秒钟，幻象一下子又消失得无影无踪：我依旧还在煤矿的一条坑道中，像蛆虫那样浑身赤裸裸的，推着那筐煤走向井口。我紧盯着地面，在我那盏油灯摇摇晃晃的光亮下，我看到一只可怜的蚂蚁在求生欲望的驱使下，正慢慢地向上攀爬。

有一天，大概是第三个礼拜吧，我听到有人在坑道中哭，但是我看不到任何的光亮。

那不是一种激动的哭，也不是受了伤后痛苦的呻吟，而是一种无节制的号啕大哭，在漆黑一团中畅流着热泪。哭声碰到坑壁反弹回来，变成了一种长长的回声，在坑道深处向上升腾，消散开，凝结起，最终化为深深的一团漆黑中的一部分。那是阿罗在哭，毫无疑问。

第六个礼拜快结束时，他病倒了。是疟疾。一天中午，我们坐在一棵树下吃中饭，面对着矿井口，这时，他对我说他很冷。几分钟之后，他的手便颤抖起来，一直抖个不停，连筷子也拿不住，根本就不用说端稳饭碗了。他站起身来，打算回宿舍去床上躺一会儿，但他的步子摇晃得厉害。他的眼睛里仿佛蒙了一层迷雾，在大开着的棚屋门前，他大叫着让人闪开，由他进去，实际上，门口根本就没有人。见此情景，在大树下吃饭的农工不禁哄堂大笑起来。

"你在对哪一个说话呢？"他们问他，"根本就没得人嘛。"

那一夜，尽管他身上盖了好几床被子，棚屋里还生着熊熊的大火炉，他还是一个劲地喊冷。

农民们顿时低声地叽叽喳喳起来，展开了一番长长的争论。有人说，应该把阿罗带到河边去，趁他不注意，把他推到冰冷的河水里好好地浸一通。据说冷不丁地一浸凉水就会有立竿见影的效果。但是，这一建议被否决了，我们担心他深更半夜会淹死在水里。

一个农民走出了棚屋，不久后又回来，手里握着两根树枝。"一根桃树枝，另一根杨树枝，"他解释说，"别的树枝都不管用。"他叫阿罗爬起来，扒去他的外衣和内衣，用那两根树枝抽打着他赤裸的脊背。

"再狠一点！"边上的农民叫嚷道，"要是你抽得太轻了，你就永远也赶不走瘟神。"

两根树枝轮流飞舞起来，在空中发出啪啪的响声。鞭笞变得凶狠了，阿罗的背上马上留下了深红的血痕。阿罗已经清醒了，忍受着鞭打，没有什么特别的反应，仿佛是在梦中经历了这一情景，而且挨打的似乎是别的什么人。我不知道他的脑子里都在想什么，但是我很害怕，几个礼拜前他在坑道中对我说的那句话，突然闪现在我的脑海中，在一阵阵清脆的鞭笞声中回响起来："我脑子里一直转着一个念头：我觉得我会死在这口矿井中。"

第一个鞭笞者打累了，让别人来接替。但是没有一个人表示愿意替补他。瞌睡神终于占了上风，大伙儿都有些困，便纷纷回到各自的床上准备睡觉。这时候，桃树枝和杨树枝落在了我的手中。阿罗抬起了脑袋，他脸色苍白，脑门上满是细细的汗珠。他迷茫的目光遇上了我的目光。

"来吧。"他对我说，声音微弱得几乎听不见。

"你不想好好休息一下吗？"我问他，"瞧瞧，你的手抖得多么厉害，你感觉不到吗？"

"不，"他说着伸出一只手，拿到眼前想看个究竟，"真的，我在发抖，我冷得厉害，就像快要死的老人。"

我在衣服兜里摸出一截香烟，点燃了递给他。但香烟立即从他的指间落下，掉在了地上。

"臭婊子！它怎么这么重啊。"他嘟囔道。

"你真的想让我来抽你？"

"对，好赖它还能让我暖和一点。"

在鞭打他之前，我想先把香烟捡起来，让他痛痛快快地抽一口。我弯下腰，捡起还没熄灭的烟头。突然，某个白花花的东西映入了我的眼帘：那是一个信封，落在床脚下。

　　我把它拾起来。那信封上面写着阿罗的名字，还没有启封。我连忙问农民们这信是怎么来的。一个人从床上给我传过话说，那是一个来买煤的汉子带来的，放在这里已经好几个钟头了。

　　我拆开了信。只有一张信纸，字是用铅笔写的，笔迹时而紧凑密匝，时而宽松稀朗；笔画常常是歪歪扭扭的，但是，在这一笨拙中透着一种女性的轻柔，一种孩童的率真。慢慢地，我给阿罗读着这封信：

　　讲电影的阿罗：

　　　　不要笑话我的字。我不像你那样，我从来没有上过学，你晓得，离我们山里最近的一个学校，就是荥经镇里的那个小学了，去那里要走两天的路。是我父亲教我认字读书的。你可以把我当成是一个"小学毕业生"。

这几天，我听说你和你的朋友讲电影讲得很好。我去跟我们村的村长说了这件事，他同意派两个农民去小煤窑，替你们干两天活。请你们，你们两个人都到我们村来，给我们讲一个电影。

我本来想自己跑一趟煤窑，来告诉你们这个消息，但是别人对我说，那里男人们都光着身子，那不是一个姑娘该去的地方。

当我想起煤窑时，我就敬佩你的勇气。我只希望一件事情，就是它不要塌下来。我给你们争取了两天的休息，这样，你们就少了两天的危险。

再见。请转达对你的朋友小提琴家的问候。

小裁缝

1972.7.8

我刚写完这封短信，就想起了一件很好笑的事，我要告诉你：你来我家以后，我已经看到过好多人的第二个脚指头比大脚指头还要长，跟我们俩都一样。我很失望，但这就是命。

我们决定选《卖花姑娘》的电影故事。我们在荥经镇中学篮球场上看过的三部电影中，最有名的是一部朝鲜的歌剧片，其中的主人公"卖花姑娘"叫花妮。我们已经给我们村里的农民讲了一次，讲到最后那场戏时，我满怀激情地模仿电影中的画外音，带着微微颤抖的嗓音，念到那句最关键的台词："常言说：精诚所至，金石为开。然而，我花妮的心难道还不够真诚吗？"我朗读的效果几乎跟在放电影时一样精彩，所有的听众全都流下了眼泪；甚至连村长，心肠那么硬的一个人，也忍不住热泪夺眶而出，从他那有三点红血斑的左眼中流淌下来。

　　尽管阿罗的疟疾发作得很厉害，他却认为自己已经在康复，于是，他硬撑着跟我一起上路了，赶往小裁缝的那个村，他的心中充满着一个真正征服者的热情。但是，在路上，他的寒热又发作了一次。

阳光明媚，热辣辣地晒在他的身上，他却对我说，寒冷又一次把他攫住。我赶紧捡来枯树枝，生了一堆火，他坐在火堆前烤着，但是，寒冷非但没有被驱散，反而变得无法忍受。

"咱们继续走吧。"他站起来对我说。（他的牙在格格地打寒战。）

整整一路上，我们都能听到一条溪流的汩汩流淌声，听到猴子还有其他野兽的叫声。渐渐地，阿罗的冷热病又可怕地发作起来。我看到他步履蹒跚地朝我们脚下一侧路边深深的悬崖晃过去，我还看到土块在我们经过时滚下高崖，好半天才能听到它们坠落的声响，这时候，我赶紧拉住他，让他坐到一块岩石上，等着他的高烧过去。

当我们来到小裁缝的家时，我们幸运地得知，她的父亲又出门了。像上一次那样，大黑狗跑过来围着我们亲热地闻前闻后，一声都不叫。

阿罗走进她家时，脸上烧得比一只红果子还要红；他有些迷糊。疟疾的发作把他折腾得不像个样子，可把小裁缝给吓坏了。当即，她就取消了那一场"口述电影"，把阿罗扶进她的房间，到她那张挂着白蚊帐的床上躺下。她把自己长长的辫子盘到头顶上，挽成一个高高的发髻。然后，她脱掉自己粉红色的布鞋，赤了一双脚，就往外面跑去。

"跟我来，"她冲我喊道，"我晓得有一样东西很管用的。"

那是一种平平常常的植物，生长在离他们那个村不远的小溪边。它好像是一种小灌木，只有三十来厘米高，开鲜艳的粉红色的花，花瓣叫人想起桃花，只是还要更大一点，倒映在清澈的水面上。溪流不太深，明澈碧透。这种植物的入药部分，是它的叶子，小裁缝采撷了很多，叶子多棱角，很尖，像是鸭掌的形状。

"这种植物叫啥子？"我问她。

"碎碗片。"

她把它们放在一个白色的石臼中研磨。当叶子变成了一团绿莹莹的糊糊时，她把它们抹在阿罗的左手手腕上，尽管他当时还有些迷迷糊糊，脑子里却恢复了一些逻辑思维。他由她在手腕上敷料，让她用一条长长的白麻布把他的手腕包了起来。

到了晚上，阿罗的呼吸逐渐轻松下来，他呼呼地睡着了。

"你相信那些东西吗？……"小裁缝犹犹豫豫地问我。

"啥样的东西？"

"那些并不太科学的东西。"

"有时候信，有时候又不信。"

"也许你担心我会揭发你。"

"根本不会。"

"怎么说呢？"

"依我看来，咱们既不能完全地相信，也不能彻底地否定。"

对我的立场，她似乎很满意。她朝阿罗躺着的床上瞟了一眼，问我：

"阿罗的爹是做啥子的？他信佛吗？"

"我不晓得他信不信佛，但他是一个有名的牙医。"

"一个牙医？牙医是做啥子的呢？"

"你不晓得一个牙医是做啥子的吗？他是给人治牙的。"

"没有开玩笑吧？你是说，他能除掉藏在牙齿中的蛀虫，不让牙再疼吗？"

"正是这样，"我回答道，一点儿都没有笑，"我还要告诉你一个秘密，不过，你一定得向我保证，对哪一个都不能说。"

"我向你保证……"

"他的父亲，"我低下嗓音对她说，"给毛主席的牙齿除过虫。"

一阵肃然起敬之后，她又问我：

"假如今天晚上我请几个巫婆来给他的儿子守夜，不晓得他会不会生气？"

来了四个老太婆，分别来自三个不同的村庄，她们身穿黑色和蓝色的长裙子，发髻上插着花，手腕上戴着玉镯，半夜时分聚集到了阿罗的床边，而阿罗的睡眠始终不太安稳。她们各自坐定在床的一角，透过蚊帐望着他。你很难说出她们中哪一个脸上皱纹最多，哪一个长得最丑，哪一个最让恶鬼们害怕。

其中一个老太婆，最矮小的那个，手里持定一把弓，搭上一支箭。

"天灵灵，地灵灵，我来向你做保证，"她对我说，"你的同伴受了苦，都怪那个小恶鬼，煤窑中的小恶鬼，今夜不敢到这里。我的弓从西藏来，我的箭头用银做。我搭上弓，放出箭，我的箭，像飞镝，腾空飞起在空中。飞在空中呼呼响，穿透妖魔的胸膛，无论它们有多强，定叫它们全死光。"

但是她们毕竟年事已高，时辰也已经很晚，事情进展得很不顺当。渐渐地，她们开始打起哈欠来。尽管我们那个女主人给她们沏了浓浓的酽茶，她们还是困得打起了瞌睡。手拿弓箭的老太婆也睡着了，她把那武器放在床头，随之，她那松弛无力的眼皮马上就沉沉地阖上了。

"快把她们弄醒，"小裁缝对我说，"给她们讲一个电影。"

"啥样的电影？"

"这没关系，啥子都行，你只要别让她们睡着了就行……"

于是，我开始了生平最奇特的一个场景。在我朋友睡得昏昏沉沉的床前，我讲起了一个朝鲜电影，为了一个漂亮的姑娘，还有四个老巫婆，那是在崇山峻岭之中的一个小小村庄里，在一盏火苗摇曳的煤油灯底下。我马马虎虎地对付着讲起来。几分钟之后，这个可怜的"卖花姑娘"的故事吸引了我那几个听众的注意力。她们认真地听着，甚至还提了几个问题；故事越是深入展开，她们听得越是带劲，连眼睛都不肯眨一眨。

然而，这跟阿罗施展出的魔力不可同日而语。我不是一个天生的说书人。我不是他。讲了半个钟点之后，我讲到了"卖花姑娘"吃尽了千辛万苦，好不容易积攒了一点点钱为母亲治病，然而当她上气不接下气地跑到医院时，她的母亲已经死去，临终前还绝望地呼喊着女儿的名字。一部十足的宣传片。通常来说，这里是故事的第一个高潮。无论是在放映电影时，还是在我们村里讲电影时，每到这一关键时刻，人们都会流下热泪。但是，眼前的这几个女巫兴许是用另一种不同的材料制造的，她们全神贯注地听着我讲，带着某种激动的表情，我甚至能感觉到一阵微微的战栗掠过了她们的脊椎，但是，她们的眼泪并没有如期而至。

我对我的努力颇为失望，于是我添加了一些动作细节：花妮的手在颤抖，钞票从她的手指缝里滑落……但是，我的听众们还在抵抗。突然，从白颜色的蚊帐里面，升起了一个嗓音，简直就像是从一口深深的井里面升起来的。

"常言说，"阿罗嗓子颤巍巍地说，"精诚所至，金石为开。但是，请你们告诉我，这位花妮姑娘的心难道还不够真诚吗？"

令我惊讶的是，阿罗过早地把电影结尾时的台词提前念了出来，而同样让我惊讶的是，阿罗竟然突然醒来了。但是，奇迹居然发生了，当我回头望着四周，我看到四个老巫婆全都哭了！她们的眼泪夺眶而出，滚滚而下，冲垮了她们的防御之堤，变成了滔滔的洪流，从她们那满是皱褶和沟壑的脸上滚落。

阿罗具有何等的说书天才！他可以通过简单地改变一句画外音的位置，轻而易举地操纵听众，即便他依然被疟疾的一次剧烈发作击垮在床上。

随着故事的逐渐展开，我觉得小裁缝身上有什么东西在变化，我发现，她的头发不再编成大辫子，而是像瀑布那样成串成串地披散下来，像浓密的马鬃一样在她的肩膀上闪耀着波浪。我猜到了阿罗正在做什么，他烧得发烫的手伸出蚊帐外苦苦地摸索着。突然，一阵风儿刮来，吹得油灯的火苗摇晃不停，就在火苗将灭未灭的那一瞬间，我相信我看见了小裁缝掀起了蚊帐的一角，在黑暗中朝阿罗俯下身来，匆匆地给了他一个吻。

一个巫婆重新点亮了油灯，我继续往下讲述着卖花的朝鲜姑娘的故事。女人们的眼泪依然哗哗地流个不停，其间，不时地还伴随有擤清水鼻涕的响亮声音。

第二章

四眼有一只神秘的箱子，他把它藏得很严。

四眼是我们的朋友。（你们一定记得，我已经提到过他，正是在去四眼插队落户的那个村的路上，我们遇到了小裁缝的父亲。）他插队落户的那个村子，也在天凤山上，只是比我们的村子要低得多，在半山腰。到了晚上，阿罗和我常常去他那里做饭，每当我们有了一块肉，或者有了一瓶酒，或者在老乡家的自留地里偷得了一把新鲜蔬菜，我们便去他那里打牙祭。我们三个人总是有福共享，几乎可说是结成了把兄弟。可是那个神秘的箱子的事，他竟然偷偷地瞒着我们，这更使我们觉得事有蹊跷。

他家也住在我们父母工作的那个城市；他父亲是个作家，母亲是个诗人。两个人目前全都靠边站了，留下了

"千分之三"的机会给他们宠爱的儿子，比起阿罗和我来，既不多一分，也不少一分。但是，面对那种因出身而导致的令人绝望的前景，十八岁的四眼几乎始终处在担惊受怕的心态中。

在他的眼中，一切都染上了危险的色彩。我们似乎觉得我们是三个破坏分子，聚集在他房间里的一盏煤油灯下，正在秘密策划着什么阴谋诡计。就拿吃饭为例吧：正当我们自己动手做得了一个香喷喷的菜，平日里时常饥肠辘辘的三个饿鬼闻着那肉香正吃得开心，假如此时有人敲他的门，一定会让他害怕得要死。他会立即站起身，把那碗肉藏到角落里，仿佛那是偷来的东西，再在桌子上换上一碗可怜巴巴的咸菜，发了霉的，臭烘烘的；吃肉在他看来似乎成了一桩罪过，是他的家庭所属的资产阶级特有的罪过。

给四个老巫婆讲过电影的第二天，阿罗感到体力有所恢复，就想回村，小裁缝也没有太坚持让我们留在她那里。我想她熬了一夜，可能是累坏了。

早饭之后，阿罗和我走上了孤独的归途。一接触到清晨潮湿的空气，我们发烫的脸立即感到一阵惬意的清凉。阿罗边走边抽烟。山道蜿蜒而下，俄而转又上升。我搀扶着病中的阿罗，因为坡陡得很，阿罗身子又虚，实在走不太动。地面软绵绵的，湿漉漉的；在我们的头顶，树木枝叶交叉，经过四眼那个村前时，我们看到他在一块水稻田里干活；他赶着一头牛，扶着一张犁，正在耕地。

稻田里灌了水，看不见耕后的犁沟，因为平静的水面覆盖了翻耕起来的烂泥，肥沃的耕作层足足有五十厘米来厚。我们的这位耕者光着上身，只穿一条短裤，两腿齐膝地陷在烂泥中，跟在水牛后面艰难地前行。那头黑黑的水牛拖着沉重的铁犁，同样艰难地蹚水前行。初升的朝阳照在他的眼镜上，发出闪闪的光芒。

那水牛的个头不大也不小，尾巴却长得出奇，每走一步，尾巴就甩一下，仿佛故意要把烂泥和脏水往它那个心地善良却又缺乏经验的主人脸上溅。尽管他努力地躲避着一次次的袭击，但只要有一秒钟的疏忽，那鞭子一般的牛尾巴就会抽他一个满脸开花，果不其然，他劈脸挨了一记牛尾巴，眼镜飞上了天。四眼不禁大骂了一声，缰绳从他的右手上松开，犁把从他左手中脱落。他用两手捂住眼睛，大吼一声后，便破口大骂起来，仿佛突然之间眼睛瞎了。

他怒不可遏，甚至连我们的呼叫声都没有听见，我们正为见到了他在田边欢呼雀跃呢。他的眼睛非常近视，即便把眼睛睁得大得不能再大，他也无法认出站在二十米开外的我们俩，无法把我们跟正在附近稻田里干活的农民区分开来。那些农民见他这副模样，正在开心地笑话他呢。

他俯身在水面上，把手伸到泥水里，在四周的烂泥中胡乱地瞎摸一气。他的眼睛，失去了任何的人类表情，鼓突着，像金鱼一样，让我不禁有些害怕。

四眼很可能刺激了他那头水牛的残暴本能。拖着犁的水牛不但没有朝前走，反而后退起来。它似乎想把被它打飞的眼镜踩在脚下，或者想用铁犁的尖头把它砸碎。

我让我的病人坐在小路边上，自己赶紧脱下鞋子，卷起裤腿，跳进水稻田。尽管四眼不愿让我插手他那已经很复杂的寻找，最后还是我在烂泥汤中摸索了好一阵后，一脚踩到了他的那副眼镜，很走运，眼镜还没有碎。

当周围的世界在他的眼镜中重新变得清清楚楚时，四眼万分惊讶地看到，可恶的疟疾已经把阿罗折腾成了什么样子。

"你都没有了人样，我的老天！"他冲阿罗说。

由于四眼没法撂下手中的活，他提议我们去他那里休息一下，等着他收工回去。

他的屋子位于村子中央。他的私人用品是那么少，同时他又那么在意地表现出自己对革命农民的彻底信任，所以他的大门从来都不锁。这房子原来用作谷仓，跟我们住的房子一样，也是个吊脚楼，但是那上面还有一个用毛竹片铺成的晒台，上面常常晾晒粮食、蔬菜或者辣椒。阿罗和我，便坐在晒台上晒太阳。不一会儿，太阳就钻进了山背后，天也开始变凉。阿罗身上的汗水一旦收干后，他的背，还有他那瘦瘦的胳膊和腿脚，就变得冰凉冰凉。我找到四眼的一件旧毛衣，拿来披在阿罗的肩上，毛衣袖子围住了他的脖子，就像是戴了一条围巾。

太阳又从山后面露面了，但是阿罗仍然一个劲地喊冷。我又转回房间，来到床前，拿起一床被子，这时候，我生出一个想法，想看一看屋子里是不是还有别的毛衣。结果在床底下，我发现了一只很大的木头箱子，看那样子，像是不太重要的什么货物的包装箱，它有旅行箱那么大小，但是更厚些。几对箩筐，几双满是污泥的破鞋，堆在那箱子上。

当我在飞扬着尘埃的光线中打开箱子时，我看到里面都是一些衣服。

我在衣服堆里扒拉着，想找一件稍微小一点的毛衣，可以套在阿罗那瘦小的身躯上，这时，我的手指头突然碰到了某种软乎乎的东西，又滑溜又柔和，它立即使我联想到女人穿的麂皮皮鞋。

不是。那是一只小皮箱，在几缕太阳光底下闪闪发亮。一只小巧玲珑的皮箱，皮子很旧，却很精致。一只散发着遥远的文明气息的皮箱。

它锁着，三处上了锁。它的重量跟它的体积比起来稍稍有些重得出奇，但是，我却怎么也猜想不出里面会是什么东西。

等到夜幕降临，四眼终于从那一番跟水牛的搏斗中解脱了出来，我赶紧问他，那个箱子里装着什么宝贝，值得他藏得那么严实。让我吃惊的是，他没有回答我的问题。我们一起做饭的时候，他始终一反常态地一声不吭，尤其小心翼翼地避免提到他的皮箱。

吃饭时，我又提起了皮箱的事情，但是，他始终没有多说一个字。

"我猜那里头一定是书，"阿罗的话打破了沉静，"你小心地掩藏它，你特地用锁把它锁得紧紧的，这本身就暴露了你的秘密：它里面一定装着禁书。"

一道恐慌的微光从四眼的目光中闪过，但它立即消失在了他厚厚的眼镜片底下，同时他的脸顿时变成了一副笑盈盈的面具。

"你在说梦话吧，我的老弟。"他说。

他朝阿罗伸出一只手，放在他的太阳穴上。

"我的天哪！瞧你发烧发得多厉害啊！原来是因为这个，你才满口胡话，你才在痴人说梦。听我说，咱们可都是好朋友，咱们可相处得很不错，不过，你要是胆敢再胡说八道什么禁书不禁书的，就他妈的……"

从这一天之后，四眼从他邻居家买了一把铜锁。每次出门都要小心翼翼地锁门，用一根长长的铁链穿过门环，再拿锁锁上。

两个礼拜后，小裁缝的"碎碗片"战胜了阿罗的疟疾。当他摘除了手腕上的包扎时，他发现里面有一个小水疱，大小恰似一枚鸟蛋，透明的，闪闪发亮。它渐渐地干瘪，当它最后只是在皮肤上留下一个黑色的疮疤时，他时寒时热的发作已经彻底停止了。我们在四眼的屋子里做了一顿饭，庆贺阿罗的病愈。那天夜里，我们就睡在四眼的屋里，三个人一起紧紧地挤在他的床上，而就在那张床底下，始终还放着那个木头箱子，这一点我已经证实了，但是那个小皮箱不在了。

*

四眼日益增强的警惕性，还有他不顾友谊对我们的怀疑提防，都证实了阿罗的设想：皮箱里毫无疑问装的是禁书。阿罗和我，我们经常谈起此事，却怎么也想象不出那会是一些什么样的书。（在那个时代，一切书，除了毛主席和他的战友们写的书，以及一些纯粹意义上的科技书，都在禁书之列。）我们开列了一个老长老长的书单，尽可能地列举了一些书名：首先是中国的古典小说，从《三国演义》，一直到《红楼梦》，当然包括《金瓶梅》——这本向来被认为是淫书的作品。还有古代的诗歌，唐诗啦，宋词啦，以及明朝和清朝的诗词。或者，还有传统国画方面的作品，朱耷、石涛、董其昌……我们甚至还想到了《圣经》，还有《五公经》，那是几个世纪来一直被禁的书，在这本书中，汉朝的五位大预言家在一座圣山的顶上留下话语，揭示了未来两千年之后将要发生的事。

　　半夜以后，我们在吊脚楼中吹灭了油灯，各自躺在自己的床上，在黑夜中默默地抽着烟。这时候，一些书名就会从我们的口中涌出。在这些陌生世界的人名之中，即便只是在名词的读音中，在文字的顺序中，都蕴含着某种神秘而又精妙的东西，这就像西藏的一种香料那样，只要一提到它的名称，"藏香"，你仿佛就能闻到它那清淡而又细腻的香味，就能看到芬芳的一炷炷香散发出缭绕的烟雾，通体覆盖了一层真正的汗珠，在油灯的反光中，显得就像是液态的金滴珠。

"你有没有听说过西方文学？"有一天阿罗问我。

"不太多。你晓得，我爸爸妈妈只对他们的专业感兴趣。在医学范围之外，他们不太了解别的东西。"

"我的爸爸妈妈差不多也是这样。但是我的姑姑有不少翻译过来的外国书，都是在文化革命之前出的。我记得她还给我念过一本叫《堂·吉诃德》的书的好些段落，讲的是一个很好笑的老骑士的故事。"

"那么现在，这些书都在哪里呢？"

"全都化作了飞灰。它们全部被红卫兵抄走，并且毫不留情地当众烧毁，就在她住的楼底下。"

接下来的几分钟，我们神情忧郁地陷入了寂静中，什么话也不说，只是在黑夜中默默地抽着烟。这一段文学故事让我沮丧之极：我们这代人真是没有运气。我们到了会读书的年龄，就没有剩下什么书可读了。好几年期间，在所有书店的"外国文学"柜台上，只有阿尔巴尼亚劳动党的领袖恩维尔·霍查的全集，在那烫金的封面上，你能看到一个戴着色彩艳丽的领带的老人肖像，头发花白，梳得整整齐齐，面带微笑地看着你，在他满是皱纹的眼皮底下，一只左眼是栗色的，而他的右眼比左眼要小一些，栗色的眼珠也更浅一些，虹膜带一点点浅浅的粉红色。

"你为什么要对我说这些？"我问阿罗。

"嘿，这个嘛，我在想，四眼的皮箱里很可能装着那一类书：外国文学。"

"你说得也许有道理，他爸爸是个作家，妈妈是个诗人，他们应该有很多这样的书。这就好比，在你们家和我们家，有很多很多外国的医学书。但是，这一皮箱书是怎么躲过红卫兵的眼睛的呢？"

"只要稍微动动脑筋，就能把它们藏在什么地方的。"

"四眼的父母把书托付给他，简直也太冒险了。"

"就像你父母和我父母一心想着把咱们培养成医生那样，四眼的父母兴许想让他们的儿子成为作家呢。他们相信，要做到这一点，他就应该偷偷地读这些书。"

*

初春一个寒冷的清晨，下了两个钟头的鹅毛大雪，地面上顿时积起了十厘米厚的雪。村长宣布放我们一天的假，阿罗和我立即就出门去看望四眼。我们听说他最近遭遇了不幸：他的眼镜弄碎了。

但我坚信，他不会因此而在干活中偷一点点懒，他是绝不会让那些"革命的"贫下中农认为，他深受其苦的高度近视是一种体力上的缺陷。他担心他们会把他当作一个懒鬼。他始终害怕他们，因为，有朝一日，是他们将决定他是否接受好了"再教育"，从理论上说，他们有权决定他未来的命运。在这样的条件下，任何一点政治上的错误或者体力上的缺陷都可能是致命的。

跟我们村不同，他们村的农民下雪天也不休息：他们要去送公粮，每个人都要背上一个很大的背篓，背上一份当年的公粮交到县里的粮库。粮库建在一条从西藏流来的河的岸边，离我们的大山有二十公里的路。这一天，他们村长把送公粮的总重量分配到每个人的头上，平均每个人要背大约六十公斤。

我们赶到时，四眼刚刚给自己的背篓中装上了粮食，准备就绪，只等出发。我们朝他扔雪团，但是他转着脑袋朝四处瞎看一气，却始终看不见我们，这个可怜的近视眼。摘去了眼镜后，他的眼珠子显得越发突出，它们使我联想起哈巴狗的眼睛，迷茫而又呆滞。尽管他还没有把公粮篓扛上背，他的脸上却早已是一片茫然的神色，仿佛正忍受着磨难。

"你没有发疯吧，"阿罗对他说，"没有了眼镜，你在小道上简直连一步都无法走啊。"

"我已经写信给我妈妈了。她会尽快给我配一副寄来的，但是，我不能一味等着眼镜寄到的那一天，我在这里是来劳动的。至少，这也是村长的要求。"

他说得很快，仿佛他根本就不愿意为我们浪费时间。

"等一等，"阿罗对他说，"我有一个主意：我们替你把公粮背到县里的粮库，然后，回来的路上，你把你皮箱里藏的书拿几本借给我们。我们互通有无，好不好？"

"去你妈的，"四眼恶狠狠地说，"我不晓得你在胡说啥子，我可绝没有藏什么书。"

在怒火中，他一把背起沉重的背篓就出发了。

"只借一本就行，"阿罗还在冲他嚷着，"就这么说定了！"

四眼根本就不理睬我们，他已经上路了。

然而，他接受的挑战远远地超出了他的体力。很快地，他就陷入了某种虐待般的磨难中：积雪是那么厚，有的地方甚至没过了脚踝。小道比平日多了几分滑溜。他用他那鼓出来的眼睛死死地盯着路面，但还是不能辨别哪里有突出的石头可以安全地落脚。他盲目地向前迈步，踉踉跄跄，像个喝醉了酒的人在跳舞。当山路向下绵延时，他摸索着探出一只脚去寻找支点，但是他的另一条腿却无法独自承受粮食篓的重量，一下子发软，跪倒在了雪地上。他试图在这一姿势中保持住平衡，不让背篓摇晃，然后，他用腿推开积雪，再用手把它们拨开，开辟出一条通道，一米又一米，最后，他终于重新站了起来。

我们远远地望着他在小道上东倒西歪地前进，几分钟之后又倒下了。这一回，背篓在他跌倒时撞在了一块岩石上，反弹起来，又掉在了地上。

我们赶到他身边，帮他把撒得满地都是的稻谷捡起来。三个人谁都不说话。我不敢看他的脸。他坐在地上，脱下他已经漏进了雪的靴子，倒了一通，然后使劲用手搓着冻僵了的脚，试图让它们暖和一下。

他不停地摇晃着脑袋，仿佛它实在太重了。

"你是不是头疼？"我问他。

"不是，我有些耳鸣，不过不太严重。"

当我们终于把稻谷全都捡回到背篓中时，晶莹的雪花早已经落满了我们外套的袖子，袖子是那么粗糙，那么坚硬。

"咱们走吧？"我问阿罗。

"当然，你帮我把背篓背上，"他说，"我有些冷，背上压一点点分量，会让我暖和起来的。"

于是，阿罗和我就背上粮食出发了，我们每走五十米就轮换一下，就这样，两个人一直接力把六十公斤稻谷送到了县上的粮库。我们累得筋疲力尽。

回来后，四眼递给我们一本书，很薄，很旧。一本巴尔扎克的小说。

"巴—尔—扎—克"。翻译成中文后，这个法国作家的名字变成了四个中国字。翻译是何等的魅力无穷！突然，这一名字中前两个沉重的音节，它那拨火棍般咄咄逼人的音响效果消失了。那四个文字，那么优雅，每一个的笔画都那么简略，聚集在一起构成了一种非同寻常的美，从中散发出一种异国情调的、慷慨大方的气息，就像是在地窖中存放了几百年的陈酒那醉人的醇香。（几年之后，我才得知，这本书的译者是一个有名的作家，由于政治原因，无法出版他自己写的书，于是转而毕生从事法国文学作品的翻译。）

　　四眼是不是犹豫了好一阵，才选了这一本书借给我们？要不，他只是随随便便地拿了一本给我们？或许，那只是因为，在他装满宝贝的小皮箱里，这本书最薄，也最破旧？是那种小心眼促使他做出了这一选择？不管怎样，这一选择的动机我们还猜不透，但它彻底震荡了我们的生活，或者，至少改变了我们在天凤山插队落户阶段的生活。

这本薄薄的小书叫《于絮尔·弥罗埃》。

从四眼手中接过书的那天晚上，阿罗读了整整一夜，到清晨时分终于读完。当他吹灭油灯时，他叫醒了我，把书递给我。我则焐在被窝里，从清晨读起，一直读到日落西山，一天都没有吃饭，也没有干任何别的事，全身心地沉浸在这个法国的神奇爱情故事中。

请想象一下一个十九岁的毛头小青年，正朦朦胧胧地处于青春期虚无缥缈的幻境之中，他除了那些哇啦哇啦的革命口号，什么阶级斗争、思想革命、意识形态、突出政治之外，还什么都不太明白。而突然之间，这本小小的书，就像一个擅自闯进家门的人，唤醒了我们对欲望、冲动、激情、爱情的感受，而所有那些东西，对我来说，还始终是一个陌生的世界。

尽管我对这个叫作法兰西的国家一无所知（我曾经从我父亲的嘴里听说过拿破仑的名字，仅此而已），于絮尔的故事在我眼中却显得跟我邻居的故事一样真实。无疑，落在这个年轻姑娘头上的继承权和金钱的肮脏交易，使得这一故事更为真实可信，更加增强了文字的力量。一整天的阅读之后，我似乎觉得我自己就住在了她的内穆尔城，就在她的家中，就坐在炉火熊熊的壁炉旁，伴随着那些医生、那些公证人……甚至连那些迷醉中和梦游中的场景，在我看来也是那么可信，那么美妙。

　　读完最末一页后，我才从床上起来，阿罗还没有回来。我猜想，他一定是一大早就匆匆忙忙地走上山路，赶往小裁缝的家，给她讲巴尔扎克的这个漂亮故事去了。有那么好一会儿，我呆呆地站在我们的吊脚楼门口，一边吃着玉米饼，一边眺望着面前高山那隐隐约约的身影。距离太远，我看不清从小裁缝的村子里传来的微弱的灯火，我想象着阿罗会怎么给她讲故事，心中突然莫名其妙地升腾起一种嫉妒的感觉，苦涩而又烦人，那么的陌生。

　　天很冷，我穿着羊皮短袄，还冻得浑身颤抖。村里人吃完了饭，都已经睡下，或者在黑暗中进行着秘密的活动。但是，从这里，从我的门口，什么声音都听不见。通常，我会趁着这一万籁俱寂的时刻，练一练我的小提琴，但是眼下，我却感到万分消沉。我转身回到房间里。我试着拉了拉琴，但是出来的琴声竟是那么尖涩、刺耳，就像是什么人在锯弦。猛然间，我顿时明白自己究竟想做什么事了。

我决定把《于絮尔·弥罗埃》中我最喜欢的段落一字一句地抄下来。在我的生平中，这还是第一次强烈地渴望抄一本书。我在房间里四处寻纸，结果只找到几张信纸，那是我准备给父母亲写信用的。

于是，我决定，把小说的段落直接抄写到我那件皮袄的羊皮上。这件皮袄，是我来到村里落户的那一天，农民们作为礼物送给我的，朝外的一面，是乱七八糟的一层羊毛，有的地方长，有的地方短，而朝里的一面，则是光光的皮子。我花了很长时间来挑选章节，因为我这件皮袄的面积有限，而且皮子上某些部位还磨损了，裂了口子，我抄写的是于絮尔梦游的那一段。我真想跟她一样：熟睡在我的床上，就能够看到五百公里之外的母亲在我们家里做什么事情，能够出席我父母的晚餐，观察他们的行为举止，看他们吃的到底是什么样的饭菜，碗筷是什么样的颜色，闻到菜肴的香味，听到他们的交谈……甚至就像于絮尔一样，在梦境中，我还能看到我的足迹抵达从未到过的地方……

在一张山里老绵羊的皮子上用钢笔抄书，并不是一件容易的事：皮子麻麻粒粒，粗糙不平，要想在那上面抄下尽可能多的段落，你就得把字写得很小，这就要求你有一种超出常人的毅力。当我在整张皮子上，包括袖子上，抄满了密密麻麻的故事时，我的手指头已是又酸又疼，仿佛它们全都碎裂了一般。最后，我昏昏沉沉地睡了过去。

阿罗的脚步声把我吵醒了；已经是凌晨三点钟了。我似乎并没有睡多长时间，因为油灯还亮着。我隐隐约约地看到他进了屋。

"你睡了吗？"

"没有真睡着。"

"起来吧，我来给你看一些东西。"

他往油灯里添了一些煤油，当灯芯重又燃得旺旺时，他用左手举着油灯，走近我的床，在床边坐下。他的眼睛中闪着火花，头发乱蓬蓬的，像个刺猬，从自己衣服的口袋里，他掏出一方叠得整整齐齐的白布。

"我晓得了。小裁缝送给你的一块手帕。"

他什么也没有回答，但是，随着他一折接一折地慢慢打开手帕，我认出那是从衬衣上撕下来的一块布，无疑是小裁缝的衬衣，上面还手工缝了一个图案。

里面包了好几片干枯的树叶，全都呈现出同样的美丽形状，像是蝴蝶的翅膀，色调介乎于橘黄色和褐色之间，还混杂有浅浅的金黄色，但是，上面全都沾上了黑乎乎的血迹。

"它们是白果树的叶子，"阿罗嗓音发颤地对我说，"一棵挺拔的大树，巍然耸立在一条神秘的深谷中，在小裁缝他们村的东面。我们就在那里品尝了爱的禁果。站着做的那事，就靠在树干上。她还是个黄花姑娘，她的血流到了地上，流在这些树叶上。"

我什么话都说不出来了，怔怔地呆了好一会儿。当我回过神来，脑子里浮现出了那棵树的形象，巍峨粗壮的树干，繁茂如盖的枝杈，还有那撒得遍地的叶子，于是，我问他：

"站着？"

"是的，就像马儿那样。也许是因为这样，她事后竟然大笑起来，笑得那么疯狂，那么野蛮，笑声在深谷中传向远方，惊得鸟儿们全都扑棱棱地飞了起来。"

*

让我们大开了眼界之后，《于絮尔·弥罗埃》又归还给了它名义上的主人——没有了眼镜的四眼。当时，我们还抱有幻想，盼望他能把他珍藏在神秘小皮箱中的书再借一些给我们，我们愿意出劳力作为交换，帮他干一些他力所不能及的累活。

但是，他却再也不愿意了。我们经常去他那里，给他带去好吃的，拍他的马屁，为他拉小提琴……他的那副新眼镜，他母亲给寄来的，使他脱离了半盲状态，也标志着我们种种幻想的破灭。

我们真后悔，悔不该把那本书还给他。"我们本来可以留着不还的，"阿罗经常这样唠叨，"那样的话，我就可以一页一页地读给小裁缝听了。那一定会使她变得更精致，更有文化，我敢保证。"

可以相信，他那是在读了我抄写在羊皮袄上的小说段落之后，才产生了这一想法的。那些年里，我们俩经常互相交换着穿对方的衣服，结果，在一个休息天，阿罗穿上了我的羊皮袄，去他们的老地方，爱情之谷的白果树底下见他的小裁缝。"等我一字一句地给她读完巴尔扎克的作品，"他对我讲述道，"她一把夺过皮袄，独自一人静静地读了起来，我们只听见头顶上树叶的簌簌声，还有远处什么地方流淌着一条溪流。天气晴朗，天空一片碧蓝，湛蓝得如同在天堂中一般。她读完后，怔怔地张着嘴巴，一动也不动，把你那件羊皮袄紧紧地攥在手里，那样子活像是那些虔诚的信徒，把一件神圣的圣物恭恭敬敬地捧在手心。"

他继续说道："这个老巴尔扎克，确实是一个真正的巫师，把一只看不见的手放在这个姑娘的头上；她变形了，成了一个梦幻人，好不容易才慢慢地清醒过来，脚踏实地地回到了现实。最后，她把你那件要命的皮袄穿在了身上，她并没有觉得不合身，她对我说，她的皮肤接触到巴尔扎克的文字，会给她带来幸福和智慧……"

小裁缝的反应更是刺激了我们，令我们更加后悔当初匆匆还书的草率。我们一直等到那年的夏天，才算盼来了一个新的机会。

那是一个礼拜天。四眼在他的屋里生了一堆火，在石头堆的炉架上放上了一口大锅，锅里盛上了水。当阿罗和我赶到时，我们对他的这番举动十分惊讶。

一开始，他并没有冲我们说话。他满脸倦容，煞是忧郁。当大锅里的水沸腾时，他怀着某种厌恶脱下身上的衣服，扔进了开水锅，并用一根长长的棍子把它们戳到锅底。他被一阵白花花的蒸汽团团围住，不断地在开水中搅和着那些可怜的衣裳，水面上冒出了一个个黑色的泡泡、烟草的末末，一股恶臭的气味升腾起来。

"是不是在烫虱子？"我问他。

"是的，我从千丈崖上招来了很多很多虱子。"

那个悬崖的名字对我们并不陌生，但是我们还从来没有去过那地方。它离我们村很远，至少得走上半天的路。

"你到那里去做啥子？"

他没有回答我们的话。他又一件接一件地脱下了衬衫、汗衫、长裤、袜子，统统地扔进了开水锅。他那瘦骨嶙峋的身体上满是一个个红红的大疱，他的皮肤被搔得通红通红，印满了指甲挠的抓痕。

"他妈的那山崖上的虱子，可真是吃得肥。它们居然还在我衣服的褶缝里产卵。"四眼冲我们抱怨道。

他到房间里换了一条短裤。在把脏短裤扔进开水里之前，先朝我们扬了一扬，说："老天哪！在裤裆缝里，竟然有一大串一大串黑乎乎的虱卵，油亮油亮的，就像是细细的小珠子。只要朝它们瞟一眼，我就从头到脚起一身的鸡皮疙瘩。"

阿罗和我并排坐在大锅前，不断地往火堆里添着干柴，与此同时，四眼用他那根长长的木棍，不时地在滚水中搅和着他的衣裳。慢慢地，他终于向我们泄露了他去千丈崖的秘密。

两个礼拜之前，他收到母亲的一封信。那位昔日的女诗人，因为擅长在诗中抒发对云雾和雨露的歌吟，还有对初恋的羞涩回忆，而在全省赫赫有名。她在信中告诉儿子，她的一位老朋友，现在被任命为一份革命文学杂志的主编，尽管其地位还不太稳定，但他还是答应她，要设法为她的儿子，我们的四眼，在编辑部中安排一个职位。为了不让别人看出这是"走了后门"，他建议先发表一些由四眼采集的原汁原味的民歌，就是说，一些山里人唱的当地歌谣，十分朴素的，而且充满着一种革命现实主义的浪漫主义。

　　自从接到这封信后，四眼就生活在一种白日梦中。他身上的一切全都变了。他生平第一次畅游在幸福的河流中。他拒绝出工参加农田劳动，而是怀着满腔的热忱，孤独一人投身于对山歌民谣的收集中。他确信自己能采集到很多的民歌，而凭靠着这一点，他仿佛看到，他母亲往日崇拜者的承诺已经实现了。但是，一个礼拜的时间过去了，他却没有记录到值得发表在一份官方杂志上的哪怕一首民歌。

他写信给母亲，流着失望的热泪告诉她自己的失败，但是，就在他把信交给邮递员的那一刻，邮递员向他说起了一个住在千丈崖的老山民：他是一个老磨工，一个大字都不认识，但他会唱当地所有的山歌，一个真正的山歌好手，谁都比不过他。四眼撕碎了没有寄出的信，当场就上路进行新的寻找。

"老头子是一个可怜的酒鬼，"他对我们说，"我这一生中，还从来没有见过这么穷的人。你们晓得他是拿啥子来下酒的吗？小石子！我以我妈妈的脑袋向你们起誓！他把小石子泡在盐水中，放到嘴里含着，在牙缝里滚动一阵，然后再吐到地上。他把这叫作'盐汤漱玉珠'。他要请我尝尝，但我谢绝了。这还不算，他还十分敏感，疑心重得不得了。在这之后，他变得那么不通情理，无论我怎么做，无论我表示愿意出啥样的价钱，他都不愿意给我唱哪怕一句山歌。我在他的旧磨坊里过了两天，希望能从他那里偷听几首山歌，我甚至还在他的床上睡了一夜，盖着他那床大概一百年都没有洗过的被子……"

我们很容易想象出那一幕情景：在那张蠕动着成百上

千小虫子的床上，四眼睡觉时都在支棱着一只耳朵，总觉得老磨工做梦时会不小心唱出几句，生怕自己错过了那些真正的山歌。虱子从它们的巢穴中钻出来，在黑暗中向他发起大举进攻；它们一会儿吮吸他的鲜血，一会儿又在他那整夜都不摘下的滑溜溜的眼镜片上溜冰。每当老头子翻身、打嗝、咳嗽时，我们的四眼都要屏住呼吸，随时准备打开他的微型手电，开始记录，那情景活像是一个间谍。然后，一切重新又变得很正常，老头子又开始打起了呼噜，呼噜声和着他那台水磨的转轮的节奏，通宵不息。

"我有个主意，"阿罗对他说，口气轻松自然，"不过，假如咱们从你那个老磨工的嘴里成功地挖出了民歌，你就得答应借我们看巴尔扎克的其他作品，行不行？"

四眼并没有一下子回答。他那雾气蒙蒙的眼镜直直地对着在锅里翻滚着的黑乎乎的水，仿佛被一个个虱子的尸体迷住了，只见它们在水泡和烟草末中间不停地翻着跟斗，随着滚水上下翻动。

最后，他抬起眼睛，问阿罗道：

"你们打算怎么做？"

假如你们能看到我在1973年夏季这一天的打扮，看到我是怎样走在去千丈崖的路上的，你们就会相信我是活脱脱地从一张党代会正式代表的照片中，或者从一张革命干部的结婚照里跳了出来。我穿了一件带深灰色领子的海蓝色上衣，由我们的小裁缝亲手缝制的。它从任何一个细节上来说，都是对毛主席穿的那种中山装百分之百的模仿，从领子一直到口袋的式样，再到袖子全都是标准的，每个袖口上还点缀了三颗金黄色的小扣子，当我挥动胳膊时，扣子上似乎都在反射着金光。我的脑袋上，为了遮掩住我那乱糟糟的头发，免得露出孩子气，我们的女服装师还给我扣上了一顶她父亲的旧鸭舌帽，草绿色的，跟军官帽的颜色一模一样。只不过这顶帽子戴在我头上实在太小了些，最好还是换一顶大一号的。

至于阿罗，他扮演的角色是秘书，他穿了一身洗得褪了色的旧军装，那是头天晚上向一个当过兵又复员务农的村里人借的。在军装的前胸，还别着一枚火红的像章，上面是毛主席的金色头像，老人家的头发整整齐齐地向后梳着。

由于我们从来没有去过这个陌生而又冷僻的角落，我们差一点在一个竹林里迷了路。竹笋到处从地面钻出来，彼此连生在一起，把我们围在中间，雨点在竹壳上闪闪发亮，整个竹林很阴暗，很潮湿，弥散着由看不见的野兽发出的一种气味，很难闻。时不时地，我们能听到清脆的哗哗剥剥的声音，那肯定是嫩竹正在拔节。据说，某些当年新生的嫩竹，生命力旺盛得出奇，能在一天的工夫，长高三十来厘米。

老歌手的磨坊，横跨在一条从高高的悬崖飞流而下的溪水上，外表看来像是一堆废墟，它那些吱扭吱扭直响的巨大轮子，用白颜色的石头制成，中央有一道道的黑痕，在水中慢悠悠、慢悠悠地转动着。

在楼下，地板摇摇晃晃地颤悠个不停。有些地方，透过那些破损漏缝的旧木板，我们能看到水在我们的脚底下、在大块的石头之间流动。水轮的嘎吱声，伴随着它们的回声，鸣响在我们的耳边。在磨坊的中央，待着一个老人，正光着上身干活。听到我们的脚步声，他停住了手，不再继续往圆圆的石磨上倒粮食，转过头来静静地看着我们，目光中透着怀疑。我向他问了一声好，没有用方言四川话，而用的是普通话，完全就像电影中那样。

"他说的是哪儿的话？"他问阿罗，神情十分迷惘。

"那是正式的官话，"阿罗回答他说，"是北京话。你听不懂吗？"

"北京，在哪里？"

这个问题让我们大吃一惊，但是，当我们明白他确实不晓得北京在哪里，我们便捧腹大笑起来。一瞬间里，我甚至有些羡慕他对外部世界的一无所知。

"北平，你是不是听说过北平？"阿罗问他。

"北平吗？"老头子说，"当然听说过了，那是北方的大都城！"

"那个都城改了名称已经有二十多年了，我的小老爹，"阿罗向他解释道，"我身边的这位同志，他说的就是北平的官话，他就是从你称作北平的地方来的。"

老人朝我投来一道充满敬意的目光。他打量着我身上的中山装，目不转睛地盯着袖子上那三粒小小的扣子。然后，他小心地用手指头尖碰了碰它们。

"那是做啥子用的，这些个小小的玩意儿？"他问我。

阿罗把他的问题翻译给我听。我便用我蹩脚的普通话回答说，我不晓得它们是做什么用的。但是我的翻译却向老磨工解释，说我说了，那是真正的革命干部的标志。

"这位从北平来的同志，"阿罗继续以他大骗子的冷静口气说道，"到我们地区来，是为了收集一些民歌，任何一个会唱民歌的老百姓，都有责任为他演唱。"

"那些山里人唱的玩意儿吗？"老人问他，说着朝我投来怀疑的一瞥，"那不是啥子民歌，那是一些小曲，一些老年间传下来的古老小曲，你晓得不？"

"这位同志想要听的，恰好就是那种小曲，带有原始味道和野蛮力量的歌词。"

老磨工反复琢磨着这一明确的要求，同时瞧着我，脸上带着一种很滑稽的黠笑。

"你当真想……"

"是的。"我回答他。

"这位同志真的想让我为他唱那些傻乎乎的玩意儿吗？因为，你晓得，我们的那些小曲，那是很有名的，那是……"

他的话被刚刚来到的一些农民打断了，他们每个人的背上都背了一个背篓。

我真的有些害怕，我的"翻译"也害怕起来。我在他的耳边悄悄地说："咱们是不是现在就溜？"但是，老人却朝我们转过身来，问阿罗："他说啥子？"我感到脸上烧得慌，为了掩饰我的尴尬，我匆匆地走向那些农民，仿佛是去帮他们卸下沉重的背篓。

新来的有六个人。没有一个来过我们村，我一确信他们全都不认识我，便立即恢复了心中的镇静。他们把背上沉重的背篓卸在地上，里面装的是要来磨的玉米。

"来吧，我给你们介绍一位从北平来的年轻同志，"老磨工对那些人说，"你们看见了吗，他的袖子上有三粒小小的纽扣。"

　　老隐士突然像变了一个人似的，神采奕奕的，他一把抓起我的手腕，高高地举在空中，在农民们的眼前挥舞着，让他们近距离地欣赏那要命的金黄色扣子。

　　"你们晓得那是啥子意思吗？"他嚷嚷道，一股酒气从他的口中喷出来，"这是一个革命干部的标志。"

　　我从来也不会想到，一个那么瘦的老头子竟然有那么大的力气，他那只结满老茧的手差一点把我的手腕给捏碎。充当"骗子"的阿罗带着一个正式翻译所应有的严肃神情，把他的话有条不紊地给我翻译成普通话。按照我们在电影中看到过的那些领导人的样子，我不得不跟所有在场的人一一握手，一边频频地点头示意，一边用我糟糕的普通话在那里嘟嘟囔囔。

　　我这一生中，还从来没有干过这样的事。我已经在为这次冒名顶替的来访后悔了，可那全是为了完成四眼那几乎不可能完成的使命，这个拥有一只神秘皮箱的残酷的人啊，你可把我给害苦了。

正当我一个劲地点头时，我的绿军帽，或者不如说老裁缝的那顶帽子，突然掉到了地下。

*

农民们终于离去，留下了小山似的一堆等着磨的玉米。

我已经疲惫不堪，再加上那顶小帽子变成了一个真正的紧箍咒，越来越紧地勒着我的脑壳，叫我的脑袋一阵阵地疼痛。

老磨工带我们走上一段缺了两三根横档的木头楼梯，来到了二楼。他急急忙忙走向一个藤条编的篮子，从里头掏出一个酒葫芦，还有三个小酒盅。

"这里，灰尘要少一些，"他微笑着对我们说，"我们来喝他几盅。"

在这个宽敞而又阴暗的房间中，地板上几乎撒满了小小石子，那便是四眼曾对我们说起过的"玉珠"。跟楼下一样，这里既没有椅子，也没有凳子，也没有普通住宅中应有的常用家具，只有一张很大的床，靠床的墙上挂着一张豹子皮，不知道是山豹还是金钱豹，黑乎乎的，闪闪发亮，上面还挂着一件乐器，是一种竹子做的有三根弦的琴。

老磨工请我们坐在这张唯一的床上，就是这张床，给我们的前任四眼老兄留下了一段痛苦的回忆，还有他身上通红通红的大疱。

我朝我的"翻译"瞥去一眼，他显然很担心会一脚踩在小石子上滑倒，结果还真的差一点摔在地上。

"你难道不愿意我们都坐到外面去吗？"阿罗嘟囔着，他第一次失去了冷静，"这屋里，也实在太暗了。"

"这个，你用不着担心。"

老人点燃了一盏油灯，放在床中央。油灯里的油不太够了，他便出去找油了。他很快又转了回来，拿着一个装满了灯油的葫芦。他往灯盏里添了一半油，便把油葫芦留在床上，放在装酒的葫芦旁边。

我们三个都盘着腿安坐在床上，围绕着那一盏油灯。

我们都喝了一盅酒。离我几厘米的地方，被子卷成没有形状的一团，堆在床的一角，边上还有几件脏衣服。就在喝酒的当儿，我感到有些小小的虫子，正隔着我的裤子沿着我的一条腿在向上爬。我偷偷地把一只手伸进裤腿，却感到另一条腿上又有虫子在痒痒地爬着，它们根本就不把我这一套大干部的制服放在眼里！我很快就感觉到，那些不计其数的可爱小虫早已聚集在了我的躯体上，很高兴换了一顿饭吃，很高兴我的血管为它们提供了新的盛宴。一口大锅的形象迅速地在我的眼前掠过，一口大锅，四眼脱下来的衣裳在里面的开水中翻滚着，浮上来，又沉下去，又浮上来，又沉下去，水面上挤满了黑黑的泡泡，到最后，他的衣服竟然让位给了我的新中山装。

老磨工出去了一会儿，把我们单独留在房间里，任由虱子猛攻一阵，然后，他返回房间，带回一只碟子、一只小碗，还有三双筷子。他把它们放在油灯旁边，然后上来坐在床上。

阿罗也好，我也好，我们连一秒钟都没有想过，他还敢拿对待四眼的那一套来对待我们。不过已经太晚了。碟子已经摆到了我们的面前，里面装满了小石子，小小的，很光滑，呈现出一种灰色和绿色的光泽，碗里装了一种很清澈的水，在煤油灯光的照耀下变得半透明的。在碗底，几粒粗大的晶体使我们明白到，那原来是一碗盐水。我们的虱子侵略者依然在扩大它们行动的地盘，它们甚至已经入侵到我的帽子底下，我感到，在我头皮不可抑制的痒痒之下，我的头发一根根地竖立了起来。

"请随便用，"老人对我们说，"这是我每日里的下酒菜：盐汤拖玉珠。"

他一面说着，一面抄起筷子，从碟子里夹起了一粒小石子，把它浸在盐水中泡了很长一段时间，长得几乎像在做祷告，然后慢慢地送进嘴里，津津有味地吮着。他把小石子久久地含在嘴里；我看到那粒小石子在他那发黄又发黑的牙齿之间滚来滚去，然后似乎消失在了他的喉咙口，但又冒了出来。老人呸的一口，把它从一边的嘴角中喷出，吐到离床很远的角落里。

踌躇了一阵子后，阿罗也拿起了筷子，津津有味地品尝起了他的第一口"玉珠"，心中充满了一种敬佩，同时混杂了一份怜悯。我这个"从北平来的同志"也跟着学起了他们的样子。那汁水并不太咸，小石子在我的嘴里留下了一种甜丝丝的滋味，略带一点苦涩。

老人不断地往我们的酒盅中添酒，请我们跟他一起"一口干了"，而从我们的三张嘴里喷射出的小石子，呈一段抛物线在空中划过，落到地上，有时候正好撞上已经铺在地上的石子，发出一记清亮的响声，干脆而又欢快。

老人的身体很健康，而且他有一种真正歌手的专业意识。在给我们唱歌之前，他出门去停住了石磨。它的嘎吱嘎吱声实在太响了。然后，他关上了窗户，以改善一下音响效果。他一直光着膀子，只是紧了紧腰带——一根长长的草编绳，最后，他从墙上取下他的那把三弦琴。

"你们不是想听古老的小曲吗？"他问我们。

"是啊，这是为了一份重要的官方杂志，"阿罗向他承认道，"只有你能够帮我们，我的老爹。我们应该做的，就是采集一些真实的、原本的东西，带有某种革命的浪漫主义。"

"浪漫主义，它是啥子东西？"

思索了一阵子后，阿罗把一只手放在自己的胸脯前，像是一个证人准备对天发誓：

　　"激情和爱。"

　　老人抱着他的琴，姿势就像抱着一把吉他，他那瘦骨嶙峋的手指头静静地划过琴弦。一声弦音震响起来，然后，他哼起了一首小曲，嗓音低得勉强能听出来。

　　首先吸引我们注意力的，是他肚皮的运动，在最初的几秒钟里，他肚子的一伸一缩彻底地掩盖了他的嗓音、他的旋律，还有其他的一切。多么令人惊讶的肚子啊！实际上，他那么瘦的人，根本就说不上有什么肚腩，但是他干瘪的皮肤在他小腹上构成了无数细细的皱纹。当他歌唱的时候，这些皱纹便觉醒了，像一阵又一阵小小的波浪那样，在他赤裸裸的闪着青铜色光泽的肚皮上荡漾再荡漾。拴在腰上的草编绳也开始疯狂地扭动起来。有时候，它甚至被他皮肤皱褶的波浪吞没，陷进皮肉中再也看不到，但是，就在你认为它将一劳永逸地彻底消失在不断涌动的浪涛中时，它却又浮现了出来，完好无损，真是一条神奇的腰带。

　　很快地，老人那既沙哑又深沉的嗓音，十分响亮地回荡在屋子中。他歌唱着，他的眼睛不停地穿梭巡行在阿罗和我的脸之间，一会儿露出一种同谋似的友情，一会儿又露出一种桀骜不驯的野性。

他这样唱道：

老虱子，

怕啥子？

虱子虱子老虱子，

虱子就怕开水烫。

小尼姑，

怕啥子？

尼姑尼姑小尼姑，

尼姑就怕老和尚。

我们被逗得哈哈大笑，一开始只是阿罗在笑，然后我也笑了起来。尽管我们力图控制住笑声，但是，那笑声还是冒上来，冒上来，终于爆发。老磨工继续唱着，带着一种颇为骄傲的微笑，带着他肚皮上皱褶的波浪。阿罗和我笑得连腰都直不起来了，从床上滚到了地上，还是止不住笑。

阿罗笑得眼中满是泪水，他站起来，拿过一只葫芦，往我们的三只酒盅里倒，这时候，老歌手已经结束了他的第一首小曲，真实而又原本，而且充满了山里的浪漫主义。

"为你见鬼的肚皮干杯。"阿罗建议道。

我们的歌唱者一只手举着酒盅，允许我们把手放在他的小腹部，并开始深深地吸气，他没有开口唱，只是为了让他的肚子做出奇形怪状的运动。然后，我们碰了碰杯，每个人都一口喝干了自己的酒盅。在最初的几秒钟里，我也好，他们也好，谁都没有什么反应。但是，突然间，有什么东西从我的喉咙口向上冒，味道是那么怪异，竟使我忘记了自己的角色，情不自禁地用标准的四川方言问那老人：

"那是啥子鬼东西，你的烧酒？"

我的话音还没落，几乎是在同一秒钟里，我们三人一齐把嘴里的那一口全吐了出来：原来，阿罗把葫芦弄错了。他给我们倒的不是酒，而是添灯的煤油。

自从四眼来到天凤山后，今天无疑还是第一次，他的嘴角绽咧出了一丝真正幸福的微笑。天气很热，在他小小的鼻子上布满了细细的汗珠，他的眼镜老往下滑，有两次，它差点儿掉下来摔到地上。他全神贯注地埋头读着老磨工的十八首歌谣，我们把它们记在了沾满了盐水、烧酒和煤油的纸上。阿罗和我躺在他的床上，根本就懒得把我们的衣服和鞋子脱一脱。我们在山里走了几乎整整一夜，穿越了一座竹林，林子里传来看不见的野兽的号叫，始终远远地伴随着我们，直到天亮为止。我们几乎累得半死。读着读着，突然，四眼的微笑消失了，他的脸一下子就阴沉了下来。

　　"简直是瞎胡闹！"他冲我们喊道，"你们记下来的，只是一派胡言乱语。"

听他这么一喊，你还真的以为他是一个真正的指挥官，愤怒得发了狂。我根本就不欣赏他的这种口气，但我没有搭理他。我们从他那里期待的唯一东西，就是他能够借我们一两本书，作为对我们这次特殊使命的奖赏。

"可是你问我们要的，是真正的山歌呀。"阿罗提醒他，嗓音很尖。

"我的天哪！可是我明确地告诉过你们，我要的是有积极意义的歌词，带革命现实主义的浪漫主义色彩。"

四眼一边说着，一边用两根手指头捏着那些纸，在我们的脑袋顶上晃动着；我们能听到纸张发出哗啦哗啦的声音，还有他那像小学老师的严肃嗓音。

"我说你们俩，你们为什么总是被那些遭禁的臭东西所吸引呢？"

"你别太夸张了。"阿罗对他说。

"是我在夸张吗？你是不是想让我把它们交给公社革委会呢？你那个老磨工会立刻被指控为传播下流歌曲的坏分子，他甚至会被抓进监狱。我这可不是在信口开河呀。"

突然，我一下子恨起他来。但是，眼下不是发作的时刻，我更希望等着他履行他的承诺，把书借给我们。

"你去呀，你还等什么呢？你不是要去告密吗？"阿罗问他道，"我嘛，我倒是很崇敬那个老人，他的歌声，他的嗓子，还有他唱歌时肚皮的活动，还有他所有的那些歌词。我要转回去，给他带一些钱去哩。"

四眼坐在床沿上，把他又细又长的瘦腿搁在一张桌子上，重又读了一遍其中的一两张纸。

"你们怎么会这么傻地白白浪费时间，弄来这些个乌七八糟的东西呢！我可是没有什么回头路了！你们总还不至于愚蠢到这个地步，幻想一份官方的杂志会刊登这些东西吧，相信这还会帮我打开一家编辑部的大门吧？"

自从接到他母亲的信之后，他变得实在太厉害了。他对我们说话的这种方式，早在几天之前，还是根本无法想象的。我怎么也想不明白，对未来的一线小小希望，竟然会如此地改变一个人的头脑，直到他彻底地变得疯狂，狂妄自大，在他的口气中注入那么多的欲望，那么多的仇恨。对他曾经答应过借给我们的书，他始终连一个字都不带提起。他站起身，把那些纸扔在床上，走了出去，我们听到他在外屋的厨房中切菜，准备做饭。他的嘴还在不停地唠叨个没完：

"我劝你们把你们记下来的那些东西捡起来，立即扔到火堆里，要不就藏到你们的衣兜里。我可不愿意再看到这一类封资修的脏玩意儿还留在我的屋子里，落在我的床上！……"

阿罗可不吃他那一套，径直走进了厨房：

"快给我们一两本书，我们这就走。"

"什么书？"我听到四眼在问他，与此同时，他继续噔噔噔地切着他的白菜和萝卜。

"你答应过借我们的书。"

"你是在取笑我，还是怎么的？你们给我带回了那些要命的玩意儿，它们只会给我招来麻烦！可你们还恬不知耻地把它们当作什么……"

突然，他闭住了嘴巴，匆匆地走进房间，手里还提着菜刀。他从床上捡起凌乱的纸张，把它们拿到窗前，借着屋外明亮的光线，重又读起了那些歌词。

"我的老天哪！我得救了，"他叫喊起来，"瞧瞧，我只要稍稍修改一下歌词就可以了，加进去一些词，再删掉另一些词……看来，我的脑子转得比你们谁都快。尽管我跟这些东西没什么关系，但我毫无疑问要更聪明！"

也没有来得及多想，他就为我们展示了他的一段改编，兴许还可以说是篡改，于是，第一段歌词变成了这个样子：

虱子虱子小虱子，

资产阶级小虱子。

虱子就怕开水烫，

无产阶级的开水烫。

我一下子腾身跃起，扑到了他的身上。本来，我只是想从他手里夺过那几张纸，但是在愤怒的冲动中，我的动作变成了一记重拳，狠狠地揍在了他的脸上，打得他连连摇晃。他的后脑勺撞在了墙上，又反弹回来，手中的菜刀掉在地上，鼻子里流出血来。我本想抢回我们的那几张纸，把它们撕成碎片，塞到他的嘴巴里，但是，他死不松手。

毕竟我很长时间没有打架了，我的重拳打出之后，自己心中先自发蒙了，我茫然若失地呆了好一阵子，不明白到底发生了什么事。我只看到他大张着嘴巴，但我没有听到他的吼叫。

直到我们走到了外头，我的头脑才算清醒过来，阿罗和我坐在一条小道边，一块大岩石下面。阿罗指着我身上的那件中山装，上面沾上了四眼的鼻血。

"你真像战争影片中的一个英雄，"他对我说，"巴尔扎克啊，你现在算是彻底跟我们告别了。"

每当有人问起我来，荥经镇是个什么样，我就借用我朋友阿罗的一句话，无一例外地回答他说，荥经镇是那么小，只要镇委会食堂一烧洋葱炒牛肉，整个镇上都能闻到它的香味。

实际上，整个小镇只有一条街，二百来米长，一个镇委会，一个邮政所，一家百货商店，一爿书店，一所中学，一个餐馆，全都在这条街上了，街后边，还有一家旅店，一共十二间客房。在小镇的出口，靠半山腰的地方，坐落着县医院。

那年夏天，我们村的村长好几次派我们去镇上看电影。在我看来，这一慷慨施舍背后的理由，全在于我们那台小闹钟对他产生的不可抗拒的诱惑。还记得我们的闹钟吗，它里面有一只高傲的公鸡，长着孔雀般美丽的羽毛，每秒钟都低头啄一次谷粒；那位早年的鸦片种植者，后来的共产党员，对这只闹钟实在喜欢得很。唯一占有它的方法，即便是仅仅占有一段不很长的时间，便是把我们打发去荥经镇。在我们一来一回的四天时间里，他就能稳稳当当地成为闹钟的主人了。

那是在八月底，也就是说，是在导致我们跟四眼之间外交关系发生冻结的那次吵架过后的一个月，我们又一次去了镇上，但是这一次，我们把小裁缝也带去了。

电影还是在县中学的篮球场上露天放映，不是别的，依然是那部老掉牙的朝鲜电影——《卖花姑娘》。阿罗和我早已经看过，并给村里人讲过。就是这部电影，在小裁缝的家中，曾经让四个老巫婆流下了滚滚的热泪。其实这电影拍得并不怎么样，用不了看两遍，你就什么都知道了。但是，这一切并不能完全扫走我们的兴致。首先，我们很高兴又一次进了城。啊！又闻到了城镇的气氛，即便这只是一个比一块手帕大不了多少的城镇，但是，我可以向你们担保，这里的一盘洋葱炒牛肉的气味，跟我们村子里烧出来的可是完全不一样的。更何况，镇上还有电，而不仅仅只有煤油灯。我并不是就此想说，我们是两个城镇迷，但是我们的任务，村长派我们来看一场电影的使命，能免除我们在农田里四天的重活，这四天里，我们就不必背着装满人畜粪尿的木桶去送肥，不必在水稻田的烂泥中耕地，跟在长尾巴的水牛屁股后，时时提防它那鞭子般的尾巴劈头盖脸地朝你抽来。

让我们感到开心的另一个理由，是这一次有小裁缝陪同我们来。由于路上耽误了一些时间，等我们赶到时，放映已经开始了，我们找不到位子，只能站在银幕的背后看。从这里看上去，电影中的一切都是反的，而且所有的人都是左撇子。但是，小裁缝不愿意错过这珍贵的场面，而对我们来说，能够瞧着她美丽的脸蛋一闪一闪地映出来自银幕的色彩的反光来，真是一种难得的特权啊。有时候，她的脸被一片黑暗所吞没，我们只能看见她的眼睛在漆黑中闪亮，就像是两点磷火。但是，突然，银幕上画面一变，这张脸一下子就放出光芒，绚丽多彩，绽放在她精彩美妙的梦境之中。看电影的有两千多个观众吧，兴许还要更多，而在这所有的观众当中，她毫无疑问是那位最漂亮的。面对着周围许多男人投来的嫉妒目光，我们的心底里不禁油然地萌生出男人的某种虚荣心。电影放了差不多有半个钟头时，正在故事情节发展的关键时刻，她突然转过头来，在我的耳边悄悄地说了几句，几乎把我吓了个半死：

"当你给我们讲这电影的时候，要比现在还更有意思。"

我们住宿的旅店价钱很便宜，一个房间五毛钱，差不多是一碗洋葱炒牛肉的钱。旅店值夜班的人坐在院子里的一把椅子上，正迷迷糊糊地打着瞌睡，那是一个秃顶的老头子，我们早已经认识了。见到我们，他用手悄悄地指了一下一个亮着灯的房间，低声对我们说，一个打扮很入时的四十来岁的城里女人已经住了进去；她是从我们省会来的，第二天一早要动身前往天凤山。

"她来看她的儿子，"他补充说，"她给她儿子在城里找了一份好工作。"

"她儿子也是插队落户的知识青年吗？"

"对头，跟你们一样。"

在我们大山中插队落户的百十来个知识青年中，那个幸运儿，第一个自由返城的小子究竟会是谁呢？这个问题整整折腾了我们大半宿，它煎熬着我们的精神，触动了我们的嫉妒心。旅店的床变得发烫，令我们怎么也无法入睡。我们猜得脑袋瓜发疼，也猜想不到这个走运的小子到底是哪一个，我们一一列数了所有男知青的名字，只是除了那些"资产阶级的儿子"，例如四眼，或者"阶级敌人的儿子"，例如我们俩，就是说，那些属于千分之三机会的人。

第二天，在回村的路上，我遇上了她，那个前来拯救她儿子的女人。正好在山路即将缓缓上升在岩石堆中、即将消失在白茫茫云雾中的那一段。在我们的脚下，伸展开一片广阔的斜坡，上面盖满了藏式和汉式的坟墓。小裁缝想指给我们看她外婆葬在什么地方，但是，因为我不太喜欢去看什么墓地，我就一个人留在路边歇着，由他们俩钻入了一片墓碑之林中。那些墓碑有的已经荒废了，半埋在土中，另一些也早就湮没在了茂盛的青草丛中。

在山路的一边，一片陡峭的石崖下，我像通常那样拣了一些残枝枯叶，生了一堆火，从挎包里拿出几个甘薯，塞到火热的柴灰中煨着。正在这个时候，那个女人出现了，她坐在一把木头椅子上，椅子由两根皮条拴着，扛在一个青年男子的背上。令人奇怪的是，在这种如此危险的姿势中，她却体现出一种异乎寻常的平静，稳稳地织着毛线，就像是坐在自己家的阳台上那样。

她身材苗条，穿一件深绿色的灯心绒上衣，一条本色的长裤，一双平底的皮鞋，鞋面的皮子很软和，绿颜色已经褪了几分。来到我的跟前时，她的脚夫想休息一会儿，就把背椅放在了一块大方石上。她继续织着她的毛活，甚至没有离开椅子，也没有朝我的煨甘薯瞧一眼，更没有对她的脚夫说一句客气话。我模仿着当地口音问她，头天晚上她是不是住在镇上的旅店里。她微微点了点头表示没错，然后，继续织着她的毛衣。看来，这是一个高雅的女人，无疑很富有，没有什么能够打动她。

我用一根树枝，从火灰堆里戳起一个甘薯，用手捏了捏，拍掉皮上的灰和泥。我决定改变我的语调。

"你想不想尝一尝山里的烤甘薯？"

"你说话有成都口音！"她兴奋地冲我高声嚷道，她的嗓音甜甜的，十分悦耳。

我向她解释说，我家就住在成都，我也是从成都来的。她立即离开她的背椅，手里依然拿着毛线，走过来蹲在火堆前。她无疑没有习惯在这样的地方坐下。

她接过我递给她的甘薯，朝它吹了几口气，脸上露出了微笑。她还犹豫着是不是马上下口去咬。

"你在这里是做啥子的，插队落户的知识青年吗？"

"是啊，在天凤山上。"我回答道，说着在火堆中翻寻着另一个甘薯。

"真的吗？"她嚷道，"我儿子也在那座山上插队落户。你兴许认识他的。他好像是你们当中唯一一个戴眼镜的。"

我心里一哆嗦，手中的树枝刺了一个空，没有戳中甘薯。我的脑袋一下子就嗡嗡地响了起来，仿佛挨了别人的一个大巴掌。

"你就是四眼的妈妈？"

"对头。"

"这么说，是他第一个被解放了！"

"对头，你已经听说了？没错，他要到我们省的一家文学杂志社去工作了。"

"你儿子是一个优秀的山歌研究专家。"

"我晓得。以前，我们还担心他会在这大山里白白地虚度年华，幸好没有。他采集了一些山歌，对它们做了改编、修改，那些乡村民歌的精彩歌词，让杂志的主编感到非常非常满意。"

"全靠了你，他才做成了这件事。你给了他许多应该读的书。"

"这当然啦。"

突然，她噤声不语了，朝我投来一道满是怀疑的目光。

"啥子书？没有的事，"她冷冷地对我说，"谢谢你的甘薯。"

她实在是太多虑了。我很后悔对她说起了什么书不书的事，便默默地在一旁看着她，只见她悄悄地把那个甘薯放回到火堆旁，站起身子，准备出发。

突然，她向我转过身子，问了我一个我能猜到的问题：

"你叫啥名字？等我见到我儿子时，我要告诉他我遇到过你。"

"我的名字吗？"我怀着一种腼腆的犹豫说，"我叫阿罗。"

这句谎话刚刚从我的嘴里冒出，我就惭愧得要死。我又听见四眼的母亲用她那甜甜的嗓音发出了惊奇的叫喊，仿佛是在对一个多年的老朋友说话：

"你就是那个著名牙医的儿子啊！多么巧的事啊！你爸爸真的给我们的毛主席治过牙吗？"

"谁告诉你这个的？"

"我儿子呀，他在一封信里说的。"

"我不晓得。"

"你爸爸从来没有对你们讲过吗？瞧瞧，多么谦虚的人啊！他一定是一个伟大的、非常非常伟大的牙医。"

"他现在被关押起来了，他被当作了阶级敌人。"

"我晓得。四眼他爸爸的处境也不比你爸爸强到哪里去。"说着，她低下了嗓音，开始喃喃自语，"但是，你也不要太悲伤了。现在，读书无用成了最吃香的时髦，但是总有一天，我们的社会会重新需要好医生的，毛主席还需要你的爸爸。"

　　"等我再见到我爸爸的那一天，我一定向他转告你这番热情洋溢的话语。"

　　"你也一样，你也不要放任自流，得过且过。你看我，我在不停地打毛衣，一件蓝色的毛线衣，但是，这只是表面现象。实际上，我一边打着毛衣，一边正在我的脑子里构思着诗歌呢。"

　　"真的吗？你真是让我惊异万分！"我对她说，"那么，那是啥样的诗歌呢？"

　　"这是职业秘密，我的小伙子。"

　　她用打毛线的针，戳了一个甘薯，剥去皮，趁热咬了一口。

　　"你晓不晓得，我儿子非常喜欢你呢！他常常在信里向我谈起你来。"

"真的？"

"当然真的，他最讨厌的，是你的一个伙伴，跟你下放在同一个村子里。"

这真叫我哭笑不得，我真庆幸自己刚才灵机一动，冒充了阿罗。

"为啥呢？"我问道，口气中尽可能地装出一种冷静。

"听说那是一个疯狂的家伙。他怀疑我儿子偷藏了一个小皮箱，他每一次去看我儿子时，总要四处转着寻找它。"

"一个装满了书的皮箱？"

"这事我什么都不晓得，"她说道，目光中又充满了疑虑，"有一天，我儿子实在受不了他的行为，就打了那家伙一拳，然后，那人也打了他。听说那家伙的血还流了一身。"

我看破了其中的谎言，差一点对她说，她儿子本不应该去胡编乱造什么假山歌，而应该去演电影；在电影里，他尽可以把时间花费在虚构这一类愚蠢的场景上。

"以前，我还不晓得我儿子那么会打架，"她继续说道，"我还写信跟他争辩，劝他从今往后绝不要再掺和到这一类危险的事情中去。"

"我的伙伴如果听说你儿子将永远地离开我们，他一定会很沮丧的。"

"为啥？难道他还想复仇吗？"

"不，我可不这么认为。但是，他将再也没有希望见到那个神秘的皮箱了。"

"当然了！这对那个小伙子是多么遗憾的事啊！"

看到她的脚夫已经等得有些不耐烦了，她便匆匆地祝我好运，并向我告别。她又坐上了那把背椅，一边打着毛线，一边慢慢地消失在了远处。

我们的朋友小裁缝她外婆的坟墓离那条小小的主干道并不远，它坐落在一个朝南的小角落里，周围是一大片破败的坟，那些坟头全都是圆圆的形状，有几个仅剩下了或大或小的土包包；也有一些坟维持了较好的状态，坟前还歪歪扭扭地竖立着石头的墓碑，在一团团半枯的野草中间很是显眼。小裁缝正在跪拜的那块墓碑十分简陋，几乎到了破败不堪的悲惨境地：这是一块暗灰色的石头，带有蓝色的纹路，几十年的风吹雨淋，日晒水浸，使它已被侵蚀得看不出原先的模样，石碑上只留下了一个名字和两个日期，记录了一段默默无闻的生命的存在。小裁缝跟阿罗一起，在坟前摆上了一大束他们从附近采来的鲜花。有叶子绿油油、形状像一颗心的紫荆花；有曲线弯弯、造型优美的仙客来；有外号叫"凤凰仙子"的凤仙花；还有一些野生的兰花，十分罕见的、奶白色的花瓣，洁白无瑕，中间有一簇嫩黄色的花蕊。

"你为啥子这样垂头丧气？"小裁缝冲我嚷嚷道。

"我在为巴尔扎克守丧。"我向他们宣布道。

我简单地向他们叙述了一番自己是怎么跟那位伪装成打毛衣女人的女诗人、四眼的母亲见了面的。对老磨工唱的山歌的可耻偷窃也好，向巴尔扎克的永别也好，四眼的不久离去也好，在他们的心灵中引起的震撼，都不像我那么剧烈。但是，我即兴扮演的著名牙医儿子的角色，反而让他们乐得哈哈大笑，开心的笑声回荡在静悄悄的墓地中。

又一次，看着小裁缝在那里欢笑，我受到了深深的刺激。她很美，是一种跟那天在看露天电影时让我动心的美完全不同的美。当她欢笑时，她显得那么可爱，毫不夸张地说，我恨不得当场就把她娶了过来，尽管我知道她已经是阿罗的女朋友了。在她的笑声中，我似乎闻到了野兰花的味道，它比摆在坟头上的其他花的香味更为浓烈；她的气息热腾腾的，透着一股麝香味。

　　阿罗和我站在那里，而她则跪在祖先的坟墓前。她磕了好几个头，口中喃喃自语，说了一大串告慰的话。

　　突然，她朝我们转过头来：

　　"我们去偷四眼的书，你们看怎么样？"

四眼走的日子定在了九月四日，他走之前那几天他们村子里发生的事，我们靠着小裁缝这个中介，几乎连一个钟头都不带遗漏地全都追踪到了。全靠这个裁缝行当，她足不出户，便能了解发生在山区里的种种大小事件。她只要对到裁缝铺来的顾客们的闲聊做一番筛选，就能轻而易举地得到有用的消息。来她家的顾客中，不但有男的，还有女的，不但有年老的，还有年少的，而且来自附近的各个村子。还有什么消息能逃脱小裁缝的耳朵呢？

　　为了大张旗鼓地庆贺四眼插队落户接受再教育过程的终结，四眼和他的诗人母亲在离开的前一天准备了一场节庆。有消息说，他母亲已经买通了那个村的村长，村长已经同意杀一头水牛，以便为全体村民提供一次露天盛宴。

接下来的事情，就是要知道该杀哪一头牛、怎么个杀法，因为当时的法令严禁宰杀耕牛，违者严惩。

尽管阿罗跟我是那位幸运儿唯一的两个好朋友，我们俩的名字却不在应邀来宾的名单中。对此我们并不觉得有丝毫的遗憾，相反，却感到很高兴，因为我们已经决定，就在众人大吃筵席的那一刻，把我们的偷书计划付诸实施，在我们看来，这无疑是我们动手偷走四眼那个皮箱的最佳时刻。

在小裁缝的家里，阿罗从一个小柜子的抽屉中找到了一些钉子，长长的，生了锈，那个小柜子还是小裁缝的母亲往日的陪嫁呢。我们像真正的小偷一样，用钉子做成了一把万能钥匙。前景是那么的令人振奋！我把最长的那枚钉子放在一块石头上磨，直到它在我的手指头中间变得发烫。然后，我把它放在沾满了泥巴的裤腿上擦，把它擦得锃光瓦亮。当我把它凑到眼前，看到那上面能倒映出我自己的眼睛，还有夏末时节那碧透的蓝天。接下来，阿罗要负责下一阶段更微妙的工作：他一只手把钉子按在石头上，另一只手举起一把铁锤；铁锤在空中划过一道美丽的弧线，砸在钉子尖上，把它砸扁，锤子给弹起来，重新被举得高高，又落下来……

在我们偷书活动的一两天之前，我做了一个噩梦。梦见阿罗把那把万能钥匙给了我。那是一个雾蒙蒙的日子，我蹑手蹑脚地悄悄挨近了四眼的屋子。阿罗在一棵树下放哨。人们能听到村民们在村子中央的一个晒谷场上一边大吃大喝，一边还高呼革命口号，高唱革命歌曲。四眼住的房子的门有两片木头门扇，每扇门都插在两个户枢中，可以转动，一个挖在门槛上，一个则留在门梁上。一把铜锁锁住了一根铁链子，把两扇门关死了。那锁冷冰冰的，还湿漉漉地蒙了一层雾气，我怎么拧钥匙都打不开。我把万能钥匙一会儿往左转，一会儿又往右转，力气用得几乎能把钥匙拧断在锁眼中。于是，我尝试着抬一道门扇，使尽全力想把榫轴从枢洞中抬起来，搬出门槛，但是，我却失败了。又重新试着拧动万能钥匙，突然，咔嗒一声，锁簧松开了。我打开了门，刚刚走进屋子，就在原地呆住了。多么可怕的场景啊！四眼的母亲就在屋子里，在我的眼前，有血有肉，栩栩如生——她坐在一把椅子上，在桌子后面，静静地打着毛衣。她朝我微笑着，一言不发。我感到脸上烧得通红，耳朵根子也热得发烫，就像一个腼腆的小伙子第一次去赴风流的幽会。她既没有喊救命，也没有喊抓小偷。我嘟嘟囔囔地憋出了一句话，问她她的儿子在不在。她没有回答我，但是继续冲我微笑着；她那双手继续一刻不停地打着毛衣，长长的手指头瘦骨嶙峋，手上满是暗黑色的斑点和青红痣。手中钢针转动着，转动着，露出了一小段，织了一针，又织了一针，消失了，晃得我两眼发花。我转过身子，从门槛上走出，轻轻地把门在身后带上，锁上了锁，尽管屋子里没有传出任何声音，我还是扭头就跑，几乎飞腾起来，跑得像是漏网的猎物。而就在这一刻，我一下子惊醒过来。

我把刚才的噩梦告诉了阿罗。阿罗的心中其实也跟我一样害怕，尽管他不断地向我重复，说什么新手出马总能成功，我知道，那不过是他在为自己壮胆。对我的梦，阿罗沉思了良久，并修改了他的行动计划。

四眼和他母亲出发的前一天，即九月三日，日近中午时分，一头垂死的水牛撕心裂肺的叫声从悬崖下的深谷中传来，久久回荡在空中，飘向远方。甚至在小裁缝的家中都能听到那牛惨烈的叫声。几分钟之后，有孩子跑来告诉我们，四眼他们村的村长把一头水牛推下了一条深谷。

蓄意的谋杀被伪装成了一次偶然的事故。按照杀牛凶手的话来说，那畜生是在羊肠小道上一个很险要的拐角踩空了一蹄子，于是就牛角朝下地跌入了虚空中，随着一记闷响，就像一块岩石从悬崖上坠落下去，它砸在一片鼓突出来的巨大巉岩上，落地后又弹起来，接着再摔在大约十米之下的另一块巉岩上。

水牛还没有死。我永远也忘不了它那苦苦呻吟般的嘶叫声给我留下的深刻印象。从屋子前的院子里听起来，那水牛的嘶叫声是那么的刺耳，那么的凄惨，但是在这个又闷热又宁静的下午，在这无比宽阔的空荡荡的大山中央，它的回音一阵接一阵地回荡在笔陡的高崖之间，那么清脆，那么嘹亮，很像是一头关在铁笼中的狮子的吼叫。

大约三点钟时，阿罗和我赶到了悲剧的地点。水牛的叫声已经停息。我们在围于悬崖边上的人群中挤开一条路。有人告诉我们，公社革委会下达的命令已到，同意杀死这头牛。在这合法的保护伞底下，四眼和几个农民跟在他们的村长身后，下到了悬崖脚下，要给水牛的喉咙补一刀。

等我们赶到时，严格意义上的屠杀已告结束。我们朝深深的谷底，那酷刑的场所，投去远远的一瞥，看到四眼跪在那头毫无生气的大水牛跟前，正把从喉咙的刀口中流出来的鲜血接在一顶用竹叶子编制的宽边笠帽中。

当六个村民嘿哟嘿哟地哼着劳动号子，把死去的水牛抬上陡峭的悬崖时，四眼和他们村的村长却留在谷底，并排坐在一起，在那顶盛满了牛血的竹叶斗笠旁边。

"他们在做啥子呢？"我问一个旁观的农民。

"他们正等着牛血结冻，"他回答我说，"这是一个治胆怯的好药方。假如你想变得勇猛无畏，你就得不等牛血完全冷下来便连泡沫一起把它喝下去。"

生性好奇的阿罗想看个究竟，便叫我跟他一起沿着山路往下走一段，好更近地看看那场景到底如何。时不时地，四眼抬起脑袋，往人群这边瞧一瞧，但我不知道他有没有发现我们。到最后，村长拔出一把刀，刀刃似乎又长又尖。他用手指头轻轻地抚摩了一下刀锋，接着便把凝冻的血块切成两部分，一份给四眼，一份给他自己。

我们不知道，四眼的母亲眼下这一刻在什么地方。假如她就在这里，待在我们旁边，看着她儿子双手捧着血块，把脸埋在上面，像猪拱粪堆似的伸长口鼻在饕餮，她又会作何感想呢？四眼表现得那么贪婪，喝完了牛血之后，还一根手指一根手指地吮吸着，把残留在上面的血舔得干干净净。在返回的路上，我注意到他的嘴巴还在继续动着，似乎还在品尝这壮胆药方的滋味。

"幸亏，"阿罗对我说，"小裁缝没有跟我们一起来。"

夜幕降临了。在四眼那个村的一片空旷的晒谷场上，一股股的浓烟从火堆中冒了起来，火堆上安放了一口巨大的锅，这锅是那么的大，那么的深，看来，它肯定是这村里的一件传家宝。

远远看去，那场景煞是热闹，颇具田园气息。因为隔得距离太远，我们看不清楚已经切成了块的水牛肉在那口大锅里翻滚着，但是，它的气味混杂了香料，热辣辣的，稍稍有些粗俗，却让我们禁不住直流口水。村里的人们，尤其是女人和孩子们，团团地围住了灶火。有些人还带来了土豆，扔进大锅的肉汤中，另一些人则带来了木柴和树枝，来给炉火添柴。渐渐地，鸡蛋、玉米棒子、各种水果便在大锅边上堆了一大堆。四眼的母亲是这天晚上不容忽视的明星。她显得那么漂亮，那么得体。她那神采奕奕的脸色，在她深绿色灯心绒上衣的衬托下，跟村里人那阴暗而又枯萎的脸形成了鲜明对照。一朵花，兴许是一朵紫罗兰，插在她的前襟上。她把编织的毛衣拿给村里的女人们看，这件未完成的作品引来了一阵阵的啧啧称赞。

夜晚的微风还在把那诱人的牛肉香一阵阵地继续送来，香味变得越来越无孔不入。被杀死的水牛肯定老得上了年纪，因为它那难啃的老肉煮起来很是费时间，比煮一只老鹰还要费事。它不仅让我们行窃的耐心受到了考验，同时也在考验着四眼的耐心，他刚刚成了一个勇敢的嗜血者：我们看到他迫不及待得像一只跳蚤，好几次掀起锅盖，把筷子伸进去，夹出一大块热气腾腾的肉来，拿鼻子闻闻，再送到眼镜片前仔细观察一番，然后又失望地把它放回到滚滚的肉汤中。

我们躲在面对着晒谷场的两块岩石后面，藏在黑暗中，我听到阿罗在我耳边悄悄地说：

"我的老弟，瞧瞧，告别晚餐中最精彩的人物来了。"

我的目光沿着他的手指头看去，看见远远地走来了五个早丧失了女人味的老太婆，都穿着长长的黑色衣袍，在秋风中飒飒作响。尽管隔着一段距离，我还是能看清楚她们的脸，她们长得像是一家的姐妹，脸上的线条仿佛是用钢刀在木头中刻出来似的。我立即认出来，其中就有曾去过小裁缝家守夜祛魔的那四个巫婆。

她们在欢送宴会上的出面，似乎是四眼母亲一手安排好的。在一阵短暂的争论之后，她掏出了钱包，当着村里人充满妒意的闪亮眼睛，给了每个老太婆一张钞票。

这一次，并不是只有一个巫婆才带着弓箭，而是五个人统统全副武装。兴许，伴送一个幸运儿去远方，比起为一个患了疟疾的病人守护魂灵来，需要有更多的战斗武器。或许，当时小裁缝能付给她们祛魔驱鬼的报酬，比起女诗人今天的出手来，数目要远远小得多，毕竟女诗人在我们这个有一亿人口的大省里，还是个赫赫有名的人物呢。

也许是水牛肉久久地煮不烂，没法让她们掉了牙的嘴巴尽早享用，五个老太婆们显然等得有些不耐烦了，其中一个便让四眼伸出左手，借着灶火的微光给他看起手来。

尽管我们所处的位置并不很远，我们还是无法听清那老巫婆在说些什么。我们只看见她垂下了眼帘，眼睛几乎眯成了一条线，薄薄的嘴唇嚅动着，在那掉光了牙齿的嘴巴上凹陷下去，她说出的话语似乎完全俘获了四眼和他母亲的注意力。当老巫婆停嘴不言时，所有人全目不转睛地瞧着她，全场一片肃静，静得气氛都有些压抑，随后，一阵嘈杂声在村民中升腾起来。

"她看来好像宣告了不祥的预言。"阿罗对我说。

"也许她看出来了，她的宝贝蛋正面临着偷窃的威胁。"

"不，她应该看到，有鬼魂挡住了他前进的道路。"

这么说或许没有错，因为，就在这一刻，五个老巫婆又重新站起身来，把她们的弓高举在空中，然后猛地一挥胳膊，把五张弓搭在一起，同时嘴里发出尖利的叫声。

然后，她们围绕着火堆，开始跳起一种祛魔舞来。一开始，兴许是她们年岁已高的缘故，她们只是低着脑袋，慢悠悠地绕着圆圈。时不时地，她们还抬起脑袋，朝四面八方投去小偷似的胆怯目光，然后又低下脑袋，像和尚念经一般念着单调的咒语，某种根本听不懂的喃喃之声从她们的嘴里涌出，然后得到在场众人的重复。两个巫婆把手中的弓往地上一扔，突然使劲地抖动起身体来，抖了一小会儿，我觉得，她们似乎想通过这一通痉挛，佯装魔鬼附体的情景。你简直可以说，是妖魔本身钻进了她们的身体，使她们自己变成了可怕的、惊厥的鬼怪。另外三个巫婆，模仿着斗士的样子，做出很大的动作，朝两个魔鬼的方向射箭，同时大声呐喊，十分夸张地模仿飞箭的响声。她们看起来很像是三只乌鸦。她们又长又黑的衣袍，随着那舞蹈的节奏，在烟火中伸展开来，然后又垂落下去，拖在地上，掀起一股股灰扑扑的尘雾。

"双鬼挡道"的舞蹈跳得越来越剧烈，仿佛她们劈脸挨上的看不见的箭矢含有剧毒，然后，她们的脚步变得慢下来。就在她们姿势优美地彻底倒下的那一刻，阿罗和我出发了。

宴会应该在我们走之后才开始。当我们穿越村庄时，伴随着巫婆之舞的齐唱声静了下来。

没有一个村民，无论他是男是女、年老年少，愿意错过这一顿牛肉宴。这大汤煮牛肉，还加了辣椒末和胡椒粒，香气四溢，飘荡在夜空中，谁闻了不想解馋？村子里空荡荡的，跟阿罗预料的一模一样（这个优秀的说书人，头脑中也并不缺乏谋略）。突然，那个梦境又闪回在了我的脑海中。

"你觉得，我是不是应该给你放哨？"我问道。

"不，"他对我说，"咱们不是在你的梦里头。"

*

他把那枚已经变成了万能钥匙的旧铁钉放在嘴唇中润一润。它悄悄地插进了锁眼之中，先朝左边转，再朝右边转，再回到左边，后退一毫米……咔嗒，一记清脆的金属声，清晰地响起在我的耳畔，黄铜锁终于打开了。

我们摸黑钻进了四眼的屋里，并立即把门扇在身后重新关上。在漆黑中，几乎什么都看不清，我们甚至彼此都看不见对方。但是，在这棚屋中，洋溢着一种搬家的气味，刺得我们的心直痒痒。

透过两扇门的门缝，我朝外面瞥了一眼：眼下这一刻，村子里连半个鬼影子都没有。出于安全的考虑，就是说，为了避免可能过路的人那警惕的目光注意到这里的门没有上锁，我们把两扇门尽量地往外推，尽可能把门缝留得很小很小，这样，阿罗就能像他预期的那样，从门缝中伸出去一只手，拽住那条铁链子，并用锁把它反锁上。

但是，我们忘记了检查窗户。我们本来是打算事成之后从窗户中溜出去的。要知道，当阿罗手中的手电筒照亮了屋里景物时，我们早已高兴得有些忘乎所以了：那只软皮箱突然从黑暗之中浮现在我们的眼前，我们梦寐以求的这一战利品，竟然放在所有行李的最上面，唾手可得，仿佛它就是专门在那里静静地等着我们，渴望着我们去把它打开。

"赢了！"我对阿罗说。

几天之前，在我们制订行动计划时，我们曾这样断定，我们这次非法拜访的成功与否，全取决于一件事情：弄清楚四眼会把那箱子藏在什么地方。我们怎么才能找到它呢？阿罗仔细地考虑了所有可能出现的细节，设想了各种可能想象出来的结果，终于确定了一个周密的计划。上帝保佑我们得手，这次行动绝对必须在告别宴会期间进行。这确确实实是我们的唯一机会。尽管我们那位女诗人阅历颇深，头脑很狡猾，但她也免不了喜欢做事情有条不紊，她无法忍受那样一种想法，即到了出发那天清晨再让她儿子去找一只藏起来的皮箱。她大概觉得，在走之前，一切都必须准备就绪，凡事都必须安排得井井有条。

我们走近了那只皮箱。它已经捆上了一道又一道粗粗的稻草绳，绳子在箱子中央还绕了一个十字结。我们赶紧把绳子解开，轻轻地把箱子打开，里面整整齐齐地放着一叠叠的书，在我们的手电筒照耀下，明晃晃地直耀眼；伟大的外国作家们正伸开了臂膀在这里欢迎我们：在他们的最前头，是我们的老朋友巴尔扎克，有他的五六部小说，接下来就是维克多·雨果、司汤达、大仲马、福楼拜、波德莱尔、罗曼·罗兰、卢梭、托尔斯泰、果戈理、陀思妥耶夫斯基，还有几位英国作家：狄更斯、吉卜林、爱米丽·勃朗特……

多么令人眼花缭乱的景象！我觉得自己仿佛喝多了酒，沉浸在一种心满意足的醉意中。我把小说一本接一本地从箱子里拿出来，把它们翻开，凝视着里面的作家肖像，然后把它们一本一本地递给阿罗。当我用手指尖轻轻地抚摩它们时，似乎觉得自己就是在接触人类生活的结晶，我的手变得苍白无血。

"这使我回想起了一部电影中的场景，"阿罗对我说，"一帮强盗打开了一只装满了钞票的箱子……"

"你是不是喜悦得热泪盈眶？"

"不。我的心中只感到一种仇恨。"

"我也是。我恨所有那些禁止我们读这些书的人。"

我说出的最后那句话把自己都吓坏了，直担心这房间里就藏着一个偷听者。这样的一句话，如果不小心当众说漏了嘴，就有可能付出沉重的代价，蹲上几年的监牢。

"动手吧！"阿罗说着关上了箱子。

"等一等！"

"你怎么了？"

"我有些犹豫……你倒是再想一想：皮箱丢了，四眼肯定会怀疑到我们的头上。而假如他把我们告发了，那么我们的一切就都完了。别忘了，咱们可没有别人那样的父母。"

"我早已经对你说过，他母亲不会允许他这样做的。不然的话，这里所有的人就都会晓得，她的儿子私藏了一些禁书！那样的话，四眼就永远也走不出这天凤山了。"

经过了几秒钟的寂静，我打开了箱子：

"要是我们只拿几本书，四眼是不会发现的。"

"可是，我一定要把它们全都读了。"阿罗斩钉截铁地回答。

他重新关上箱子，把一只手放在上面，像是一个基督徒在做祈祷，他向我宣告说：

"有了这些书，我就可以彻底地改造小裁缝了。她将不再只是一个普通的山里姑娘。"

我们蹑手蹑脚地走进四眼的卧室。我走在头里，手里拿着手电筒，阿罗跟在我身后，手里提着皮箱。它似乎很重；在穿越房间时，我听到它磕碰着阿罗的大腿，并且撞到了四眼的床上和他母亲的床上，尽管这张床很小，是用木板凑合着临时搭的，它还是让这房间变得更加狭窄。

让我们大吃一惊的是，窗户被钉死了。我们试着使劲推，但只能听到窗子发出一种轻微的吱吱声，几乎像是有人在叹息，但窗子纹丝不动。

不过，形势还没有发展到灾难性的地步。我们又静静地返回到吃饭间，准备重新实施刚才做过的那一套程序：把那两扇门向外推开，从门缝里头伸出手去，把万能钥匙插到铜锁的锁孔里。

突然，阿罗悄悄地对我说：

"嘘！"

我心中一惊，立即把手电筒关了。只听到屋子外传来一阵急匆匆的脚步声，我们顿时就惊呆在那里。我们需要有珍贵的一分钟时间来做出判断：他们确实是朝我们这个方向而来的。

就在这一时刻，我们隐隐约约地听到两个人的说话声，一个男人，一个女人，但是我们根本无法分辨出那是不是四眼和他的母亲。我们不得不朝厨房退去，准备应付最糟糕的情况。在经过放行李的地方时，我捏亮了一秒钟手电筒，让阿罗把那个小皮箱放回到了行李堆上。

我们的猜疑没有错。我们确实遇上了四眼母子俩，就在我们偷窃的紧要关头。眼下，他们正在门口谈论着什么。

"我晓得，那是牛血在我肚子里折腾，"儿子说，"我一阵一阵地反胃，臭气直往喉咙口上顶。"

"幸亏我还带来了一些助消化的药。"母亲回答道。

我们完全处于绝境中，在厨房里，根本就找不到一个可以藏身的角落。周围漆黑一片，我们什么也看不见。我紧紧地靠着阿罗的身子，而他已经掀开了一个装米用的大瓮的盖子。他有些丧失理智。

"它太小了。"他嘟囔着说。

一阵哗啦哗啦的刺耳的铁链子声传到我的耳朵里，然后，就在我们蹿进卧室的那一瞬间，房门开了，我们赶紧分别钻进了两张床底下。

他们走进了吃饭间，点亮了煤油灯。

一切都乱套了。长得比阿罗要更高更壮的我，竟然没有藏到四眼的床底下，反而紧紧地卡在了他母亲的那张床下边，那里的空间显然要更小，然而，更要命的是，这里肯定还塞了一只马桶，这从它那股难闻的怪味中就很容易得到证实。一群苍蝇在我的周围嗡嗡地飞着。我暗暗地摸索着，企图在这局促的螺蛳壳中尽量把身子伸展开，但是我的脑袋差点儿就撞翻了那只臭烘烘的马桶；我听到桶里一记轻轻的咣当声，刺鼻而又令人恶心的气味，一下子变得更加浓烈了。出于一种本能的厌恶，我的身子猛地一哆嗦，发出了一记足够响亮的声音，糟糕，它要把我出卖了。

"你有没有听到啥子东西响了一下，妈妈？"那是四眼的声音在问。

"没有呀。"

接下来是一阵彻底的静默，几乎跟永恒一般漫长。我想象着他们正如何地竖起耳朵，屏住气息，纹丝不动，试图捕捉哪怕最细微的动静呢。

"我只听到你的肚子在咕噜咕噜乱叫呢。"母亲说道。

"那是水牛的血在翻腾，我实在是消化不了它。我觉得肚子里很不对劲，不晓得我还有没有力气再回到酒席上去。"

"我不喜欢你这样，我们必须回到那里去！"母亲坚持道，口气很强硬，"给你，我这里有几片药。你吃上两片，它会让你的胃好受一些。"

我听到那儿子乖乖听从了劝告，去了厨房，兴许是去找口水喝。煤油灯的光芒随着他一起远去了。尽管我在黑暗中没有看见阿罗，我觉得他跟我一样，也在庆幸刚才没有藏在厨房里。

四眼好像吞下了药片，回到了吃饭间。他母亲问他：

"书箱还没有捆吗？"

"捆了，今天晚上我刚刚捆的。"

"可是你看看！你难道没有看到绳子还在地上吗？"

老天啊！我们真的就不该把它解开的。一股冷气从我弯曲在床底下的脊椎骨上掠过。我真是后悔不迭。我在黑暗中寻找着我那位同谋的目光，却没有找到。

四眼平静的嗓音传了过来，这兴许就是他某种强烈激情的标志：

"天快黑的时候，我从屋后的地底下把皮箱挖了出来。回到屋里后，我掸掉了它上面的土，还有覆盖在箱子上的其他脏东西，我小心翼翼地检查了一遍，证实那些书并没有发霉。最后，就在去跟村里人一起吃饭之前，我用一根很粗的稻草绳把它给捆好了。"

"那么，到底出了啥事？莫非有人在酒席期间钻进了屋子？"

四眼手里提着煤油灯，匆匆地朝房间里冲过来。我看到，在对面的床底下，阿罗的眼睛在越来越近的灯光中闪耀着光芒。感谢上帝，四眼的双脚在门槛上停住了。他一个急转身，冲他母亲说：

"这是不可能的。窗户一直钉得死死的，房门也锁上了。"

"我想，你最好还是去瞧一眼那皮箱，看看是不是缺了什么书。你那两个伙伴总让我害怕。我不晓得我有多少次给你写信提起来，千万不要跟这样的家伙打交道，他们实在太狡猾，你对付不了他们，可是你总是不听我的话。"

我听到皮箱打开了，四眼的嗓音回答道：

"我跟他们交朋友，因为我想，爸爸跟你的牙都不太好，而兴许有一天，阿罗的爸爸还能够对你们有用。"

"是真的吗？"

"是的，妈妈。"

"你真乖，我的儿子。"母亲的嗓音变得充满了柔情。"即使在一个这么困难的环境里，你还在惦记着我和爸爸。"

"妈妈，我都查过了，一本书都没有少。"

"太好了，看来一切平安无事。你快点，咱们还是早一些赶回去吧。"

"等一等，把那根牛尾巴递给我，我要把它放在皮箱里。"

几分钟之后，当四眼把皮箱捆了个结实之后，我听到他突然大骂一声：

"他妈的！"

"嘿，说啥呢，儿子，你晓得，我是不喜欢你满口脏话的。"

"肚子难受，憋不住，要拉稀！"四眼匆匆说道，口气很是痛苦。

"快去房间里，马桶在床底下！"

倒霉！不过还算好，我们听到四眼急急忙忙地朝门外跑去，令我着实大松了一口气。

"你去哪里？"他母亲在后面喊着。

"玉米地。"

"带了纸没有？"

"没有。"儿子一面奔跑着离去，一面回答。

"瞧瞧，我还真是赶上了！"母亲嚷嚷道。

多么好的机会，它可算是来到了我们面前，这位未来的诗人原来喜欢在露天里排空他的肚子！我能够想象，假如他这时候一头撞进房间，从床底下迅速拉出马桶，一屁股坐到上头，把他一肚子咕噜作响的牛血，在我的鼻子底下排泄个痛快，同时伴随一阵阵跟飞流而下的瀑布一样震耳欲聋的嘈杂声，那么，这可怕的一幕将会给我们带来何等的侮辱啊！

他的母亲刚刚跑着追出门去，我就听到阿罗在黑暗中冲我轻呼一声：

"快点儿，咱们溜！"

在我们经过吃饭间的那一瞬间，阿罗一把抓起了小皮箱。在夜间的小道上飞跑了一个钟头之后，我们终于决定停下来歇口气。这时候，我们打开了皮箱。在一**叠叠整齐**的书的最上面，放着一根水牛尾巴，黑黑的，一头全是毛，还沾着黑乎乎的脏血。

这条尾巴长得出奇。毫无疑问，它就是打碎了四眼眼镜的那头牛的尾巴。

第三章

多年之后，我们当知青插队落户时期的一个形象，还始终深深地铭刻在我的记忆之中：在一只长着红色角喙的乌鸦无动于衷的目光之下，阿罗的背上背着一个竹篓，四肢伏地爬过一段大约只有三十厘米宽的小道，小道的两侧都是又陡又深的悬崖。在他那毫不显眼的、肮脏却很结实的、颜色发黑的竹背篓中，藏了一本巴尔扎克的书，小说《高里奥老爹》，它的中文译名叫《高老头》；他要把它读给小裁缝听，小裁缝那时还只是一个山里姑娘，长得很漂亮，却没有文化。

窃书行动成功之后，整个九月份期间，我们完全彻底地被书中外面世界的神秘景象所吸引，所诱惑，所征服，尤其是被女人、爱情、性的神秘世界所征服，一天接着一天，一页接着一页，一本书接着一本书，外国作家们在渐渐地为我们打开着这个世界的大门。不仅四眼走之后没有敢揭发我们，而且，很走运，我们村的村长也去了荣经镇，去参加县里的一次党代会。利用这一段政治权力的休假期，以及暂时笼罩着全村的暗中的无政府状态，我们便拒绝去田里干农活，对于这一点，那些早先的鸦片种植者，今天负责改造我们灵魂的贫下中农根本就不屑一顾。于是，我没日没夜地读着那些西方小说，甚至把大门关得紧紧的，一整天都不打开。我先把巴尔扎克的作品放在一边，那是阿罗最喜爱的，我怀着一个十九岁年轻人的那份轻浮和严肃，先后狂热地爱上了福楼拜、果戈理、麦尔维尔，还有罗曼·罗兰。

　　还是让我来谈谈罗曼·罗兰吧。四眼的皮箱中只有罗曼·罗兰的一本书，四卷本《约翰·克里斯朵夫》的第一卷。由于作品叙述的是一个音乐家的生活，而我自己也算会演奏一些小提琴曲目，例如《莫扎特想念毛主席》，我便被吸引着去翻读它，有一搭无一搭地瞎翻一气，要知道，这本书还是译巴尔扎克的那位傅雷先生翻译的呢。我一翻开这本书，就被它深深地吸引住，怎么也放不下了。通常来说，我最喜爱的书是短篇小说集，它们往往向你讲述一个编织得很精巧的故事，具有一些很精彩的思想，有时候还很有趣，或者用一些令你透不过气来的悬念，讲述一些将永远伴随你一生的故事。至于长篇小说，除了个别例外，我对它们都有些怀疑。但是，《约翰·克里斯朵夫》对我来说，以它那热情洋溢的却又不带任何狭窄心胸的个人主义，成为了一种生命的启示。没有它，我可能永远也不会明白个人主义中所包含的那种精彩与辉煌。直到跟这本《约翰·克里斯朵夫》不期而遇之前，我那经过教育和再教育的可怜头脑还根本不知道，一个人还能跟整个世界进行抗争。有一搭无一搭的调情变成了一次真正伟大的恋爱。甚至连作者都不时会沉迷于其中的那种极度的夸张手法，在我的眼中也变得无损于作品的美。我完完全全地被这几百页书中掀起的强有力的浪涛淹没了。它成为了我梦寐以求的书。你一旦读完了它，无论是你神圣的生命也好，还是你神圣的世界也好，都再也不是以前的样子了。

我对《约翰·克里斯朵夫》的钟爱是那么的深切，生平第一次，我渴望独自将它据为己有，而不再将它视为阿罗和我的共同财产。在它的封面之后空白的扉页上，我撰写了一段献词，大意是将此书作为二十岁生日的礼物送给我，我要求阿罗在这段献词下签上他的名字。他对我说他觉得很得意，这机会实在难得，简直具有了历史意义。他用钢笔漂亮地写下了自己的名字，一挥而就，书法潇洒，放纵不羁，狂热奔放，一条美丽的曲线把三个汉字连成了一体，几乎占了大半页的纸。而我，我也把三本巴尔扎克的小说题献给了他，它们是《高老头》《欧也妮·葛朗台》《于絮尔·弥罗埃》，作为新年的礼物。不过，说到过年，其实还要等好几个月呢。在我的献词下面，我画了三样东西，每一样都代表着我姓名中的一个字。第一个字，我画了一匹飞奔的马，它昂首嘶鸣，脖子上浓密的鬃毛随风飞扬。第二个字，我画了一柄长长的利剑，剑柄上镶金嵌银，装饰着宝石，做工十分精细。最后一个字，则是一个小小的铃铛。铃铛的周围我还添上了许多道道，形成为放射出来的一线线光芒，仿佛这小铃铛在不断地晃动，发出声响，召唤着救援。我对这样的签名感到十分满意，几乎就差在上面涂上几滴我的血，让它进一步神圣化了。

中旬的某一天，一场猛烈的暴风雨袭击了我们的大山，肆虐了整整一夜。然而，第二天天刚拂晓，阿罗就忠实于他那塑造一个美丽而又有文化的姑娘的伟大抱负，把那本《高老头》装在竹篓里，上路直奔小裁缝那个村的方向。他像一个没有坐骑的孤独骑士，消失在了被晨雾笼罩得迷迷茫茫的山道上。

为了不冒犯由上级领导规定的集体纪律，他到晚上便返回村里，乖乖地回到我们住的那个吊脚楼里。那天夜里，他向我讲述了路上的事：去的路上和回来的路上，他都必须经过一段十分狭窄而且相当危险的通道，因为暴风雨下得太厉害，小路上出现了严重的塌方，路面变得很窄很窄。他承认道：

"小裁缝也好，你也好，你们肯定都敢跑着过去。可是我，即便四肢着地慢慢地爬过去，我都害怕得浑身发抖。"

"那段路很长吗？"

"至少有四十米。"

对我来说，这件事情实在叫人感到纳闷，天不怕地不怕，甚至连阎王老子都不怕的阿罗，居然有恐高症。他真是一个没出息的臭知识分子，一辈子连棵树都没有爬过。我还记得，很久很久以前，已经是五六年前的事了，一天下午，我们俩突发奇想，打算从生锈的铁梯子向上攀，爬到一个高高的水塔上去。刚一开始，他就被铁锈擦破了手心，流了一些血。爬到大约十五米高的地方时，他对我说："我不行了，我觉得，每走一步，这梯子的横档都在咔嚓咔嚓地响着，随时会在我的脚底下断裂。"他那擦伤的手也疼痛起来，而这更是增添了他的忧虑。他最终放弃了，让我一个人爬了上去；在水塔的顶上，我朝他吐了一口唾沫，表示我的蔑视，但那口唾沫一下子就被风吹走了，消失得无影无踪。几年过去了，他的恐高症有增无减。在山里，就像他所说的那样，小裁缝也好，我也好，谁都能毫不犹豫地在悬崖边的小道上奔跑，但是，我们一跑过去之后，就常常得在那一头等着阿罗，等上很长一段时间，因为他从来就不敢挺直了身子走过来，只会四肢着地慢慢地爬过来。

一天，我想出门透口气，就陪同着阿罗做了一趟为了美的远征，去小裁缝的村里。

来到阿罗对我说起过的那一段险要之地的时候，清晨的微风突然变成了大风，在山坳中呼啸。刚刚瞥了一眼，我立即就明白了，阿罗要走过这段路，该是何等的勉为其难。就连我自己，当我的双脚踏上去的时候，我的身子也害怕得发抖。

一块石头在我的左脚底下坍塌下去，几乎就在同时，我的右脚底下又有一堆泥土在往下掉。它们顿时消失在半空中，你必须等上很长时候，才能听到它们坠落的声响，远远地，从右边的山崖上传来了一记回音，接着，左边的山崖上又是一声。

站在这一段只有三十厘米宽的窄路上，两边都是深深的悬谷，我是决不应该看脚底下一眼的：在右边，是一片刀劈斧削一般的悬崖，深不见底，望一眼都令人眩目，只见树木的枝叶早已不再是深绿色的，而是一种灰扑扑的白色，迷离惝恍，混沌模糊。当我朝左边的深渊瞥去一眼时，我的两个耳朵立即嗡嗡地鸣响起来：边上的泥土已塌下了一多半，塌得是那么邪乎，形成了一道五十来米高的峭壁。

幸亏，这段如此危险的狭路只有三十来米长。在它的另一端，一块高高的岩石上，栖息着一只长着红色角喙的乌鸦，脑袋可怕地缩在脖子里。

"要不要我来替你背竹篓？"我用很随便的口气问阿罗，他颇感为难地站在这段路的头里。

"好的，拿去吧。"

我刚刚把竹篓背上了肩，就有一阵狂风呼啸着袭来，我耳朵中的呜呜声越发地响了，我刚摇晃了一下脑袋，这番运动就让我感到一阵轻微的眩晕，不过尚能容忍，而且几乎可说是很惬意。我走了几步，然后，我回过头来看，只见阿罗始终停留在原地，他的身影在我的眼前轻轻地晃动着，像是风中的一棵树。

我两眼直直地望着正前方，一米接着一米地向前挪动，就像是一个杂技演员在走钢丝。但是到了半途，望着对面山上栖着那只红喙乌鸦的那一片片巉岩,只见它们突然剧烈地向右倾斜,然后又向左倾斜,仿佛地震了似的。出于本能,我立即趴倒在地,直到两只手碰触到地面,那种眩晕才消失。我冒出了一身冷汗,背上、胸脯上、脑门上一片湿漉漉的。我伸出一只手,擦了擦太阳穴上的汗;确实,这汗水是冰冷冰冷的!

我又回头望了望阿罗,他好像在冲这边喊着什么,但是,我的耳朵几乎被风灌满了,他的喊声传到这里后,仿佛也成了耳边一声多余的嗡嗡响。我抬起眼睛以免看到脚下的悬崖,在耀眼的太阳光中,我看到,那只乌鸦黑乎乎的身影正在自己的头顶上,它扇动着翅膀缓缓地盘旋着。

"你这是怎么了?"我在心里对自己说。

就在这一刻,被卡在了半途中的我突然想起了约翰·克里斯朵夫,我问我自己,假如我现在向后转,那位老克里斯朵夫会说些什么。他将高举起指挥棒,为我指明应该前进的方向;我想象着,即便面对着死神后退的时候,他也没有感到什么羞耻。我总不至于连爱情的滋味都还没有品尝过,就这样白白地死去了吧,我连性爱是什么样的都不知道，更没有像他那样面对着整个世界做一番个人奋斗了！

生的欲望攫住了我。我掉转身子，依然跪在地上，一步步地返回到了这段险路的出发点。若是没有双手支撑在地上，我很可能会丧失平衡，掉到深谷里摔得粉身碎骨。突然之间，我想到了阿罗。他也一样，他肯定也体验过这类似的虚弱，可他就是克服了这样的虚弱，顽强地到达了险段的另一头。

我越是走近他，他的声音就听得越是清楚。我注意到，他的脸变得煞白，白得那么可怕，仿佛他比我自己还害怕。他冲我喊着，让我坐在地上，骑马似的骑在小道上爬。我采纳了他的建议，确实，这一新的姿势挺管用，它使得我平平安安地来到他的身边。一到狭路尽头，我便挺起身来，把竹篓还给了他。

"你天天就这么爬来着？"我问他。

"不，只是最开始才这样。"

"它一直待在那里吗？"

"哪一个？"

"它。"

我伸出手指头，直指着那只红喙乌鸦，它早已经停在了狭路的中央，就是我刚才停步的地方。

"是的，它天天早上都在那里，简直可以说它跟我约好了似的，"阿罗对我说，"不过，当我晚上原路返回时，我却从来没有看到过它。"

由于我拒绝再在这一空中杂技节目中出洋相，他就一把接过竹篓，背在肩上，小心地弯下身子，直到他的双手够到地面。他向前探着胳膊，交替落地，坚定而又沉着，他的双腿也跟着前行，十分协调。每一步，他的脚几乎就要碰到他的手。走了几米之后，他停下来，仿佛要向我致以一种风流的敬礼，他晃动起屁股来，动作活像是一只猴子四肢并用地趴在一段树枝上。长着红色角喙的乌鸦飞了起来，缓缓地扇动它那巨大的翅膀，在空中盘旋。

我不无艳羡地目送着阿罗远去，一直走到被我称为"炼狱"的那段险路的尽头，随后，他消失在重重的山岩中。突然之间，我在内心问起自己来，他要对小裁缝讲的这一段巴尔扎克的故事将把他引向哪里，它会如何收场。乌黑的大乌鸦的离去，使得静谧的大山显得越发令人不安。

那天夜里，我从睡梦中惊醒。

我足足费了好几分钟时间，才找回熟悉而又宽慰人的现实。在黑暗中，我听到对面床上传来阿罗那有节奏的呼吸声。我摸索着找出一支香烟，把它点燃。我听到吊脚楼底下老母猪拱圈的吭哧吭哧声，渐渐地，这一活生生的现实使我平静下来，我仿佛又看到了，就像在电影的快镜头中那样，刚才把我吓醒过来的梦境：

远远的，我看见阿罗跟一个姑娘一起走在那段狭窄的险路上，两边都是又深又陡的崖壁，令人眩晕。一开始，那个走在前面的姑娘分明就是我们父母工作的那家医院看门人的女儿，她曾经跟我们是同班同学，长得朴素，平凡，好多年里我甚至都记不起她来了。但是，正当我思忖着是什么纽带把她跟阿罗连在了一起，出人意外地来到了这天凤山上。这时，她突然变成了小裁缝，鲜灵灵，笑盈盈，穿着一件白色的汗衫，一条黑色的长裤。她不是行走，而是奔跑在那段险路上，就像一个女冲锋队员，而她那个年轻的情人，阿罗，则四肢着地，慢慢地跟在她的后面爬。他们俩谁都没有背竹篓。小裁缝并没有梳着她平常梳的长长的大辫子，一跑起来，她那自由自在地披散在肩上的头发便随风飞扬，像是翅膀一般。我的目光寻找着那只乌鸦，但没有找到，但是，等到我的眼睛重新停落在我朋友的身上时，小裁缝已经不见了。险路上只剩下了阿罗一个人，他不是骑在路上，而是跪在半途，眼睛瞟向右侧的深渊。他身子转向万丈悬崖，似乎在朝我喊着什么，但我什么都听不见。我急急忙忙朝他跑去，根本就不知道从哪里来的勇气，竟然就跑过了这一段险路。等我来到他的身边时，我明白，小裁缝已经摔下了深谷。尽管那谷底深得似乎无法企及，我们还是从崖壁上垂直地滑落下去……我们在谷底找到了她的尸体，蜷缩在一块大岩石上，她的脑袋已经摔碎，耷拉在她的肚子上。她的后脑壳上有两条又长又深的裂缝，里面的血已经凝结，形成了痂壳。其中一条裂缝一直裂到她漂亮的额头上。她的嘴大大地翻咧着，露出了粉红色的齿龈和排列整齐的牙齿，仿佛她曾试图叫喊，但没有叫出声来，只是散发出了一股血腥的气味。当阿罗把她抱在怀里时，鲜血同时从她的嘴巴、她的左鼻孔，还有她的一只耳朵中涌出；血流到阿罗的胳膊上，然后又一滴一滴地淌到地上。

我把这个噩梦讲给阿罗听了后，他却表现出莫名的无动于衷。

"把它忘掉吧，"他对我说，"告诉你吧，其实，我也做过不少这样的梦。"

当他穿好衣服，寻找那个竹篓时，我拦住他问：

"你应该劝一劝小裁缝，让她别再从那段险路上走了！"

"你疯了！这怎么可能呢，她也想经常过来，来我们村看我们的。"

"那就别让她在这段日子里来，等那段破路修好了再来吧。"

"行，我会告诉她的。"

他一副急匆匆的样子。莫名其妙地，我几乎有些嫉妒他跟那只可怖的红喙乌鸦的约会了。

"别把我的噩梦告诉她。"

"这个，你用不着担心。"

我们那位村长的回村，宣告了我朋友阿罗为美而做的远征的暂时终结，他那满腔热忱的、雷打不动的约会终于告一段落了。

　　党代会以及一个月的城市生活，似乎没有给我们的村长带来什么快乐。他一副垂头丧气的样子，腮帮子肿得鼓起来，脸都变了形，一肚子的火全冲着县医院里的一个革命医生："这个婊子养的，一个真他妈的笨得不能再笨的赤脚医生，他拔了我一颗好牙，倒把隔壁的那颗坏牙还给我留着。真是见了鬼了。"更让他来气的是，好牙拔掉之后牙床老是流血，叫他无法好好说话，无法痛骂这桩事故，迫使他只能含含糊糊地嘟囔几个谁也听不清楚的字。对每一个关心他痛苦的人，他都要把那次手术的成果展览给人家看：一颗黑乎乎的残齿，又长又尖，带着一段黄兮兮的牙根，被包在一块他从荥经镇集市上买来的滑溜溜的红缎子中。

由于他容不得半点的违抗，阿罗和我便不得不每天一早就去玉米地或者水稻田里干活。我们甚至停止了操纵我们那只神奇的小闹钟。

一天晚上，村长的牙疼得厉害，便跑来找我们，正好赶上我们在厨房间里做饭。他拿出一块小小的金属，包在一块跟他包牙齿的一模一样的红缎子布里。

"这是一块真正的锡，是一个行贩卖给我的，"他对我们说，"如果你把它扔进火里，一刻钟里它就会熔化。"

阿罗也好，我也好，我们俩谁都没有反应。一看到他的脸，我们就直想笑，他那张脸肿得像发面馒头似的，一直肿到耳朵边，很像是什么滑稽电影中的面具。

"我的阿罗老弟，"村长说，口气比任何时候都更真诚，"你一定上千次地看过你爹干这样的活：等锡块熔化后，据说只要灌一点点到蛀牙上，就能把牙齿里的蛀虫全都杀死，你一定晓得，一定比我更清楚。你是一个牙科名医的儿子，我就拜托你来给我治牙了。"

"这么说，你是想让我把锡水灌到你的牙齿里吗，不是开玩笑吧？"

"哪个是在开玩笑？要是我的牙不疼了，我就让你歇工一个月。"

阿罗还在抗拒着诱惑，他对村长心存疑惑。

"锡水，那不管用，"他说，"再说，我爸爸用的是现代化仪器。他先要用电动钻头在牙齿上钻一个洞，然后才能在牙洞里填上一些填料。"

村长顿时愣在那里，他慢慢地站起来，一边离去，一边喃喃道：

"这倒是真的，我在县医院里看到过。那个拔走了我好牙的笨蛋有一根会呼呼转的大针，转起来还会像马达一样，发出哼哼的响声。"

几天之后，村长的痛苦被老裁缝的到来所遮掩，我们的朋友小裁缝的爹来到了我们村，随他而来的还有他的那台缝纫机，它由一个光着上身的脚夫扛着，亮闪闪的机器上反射出朝阳灿烂的霞光。

我们不知道，他究竟是故意装出一个大忙人的样子，似乎天天忙得焦头烂额，还是他只不过是不善于科学地安排自己的时间，反正他已经好几次推迟了跟我们村村民的约定，今年里还没有来过一次我们村呢。他的到来，自然成了村民们的一件大喜事，离新年本来只有几个星期了，真不知道他还会不会来呢，谁料想，人们居然看到他那小小的瘦弱身影，还有他的缝纫机，终于真的来到了我们村。

像往常一样，老裁缝四乡巡回时是不带上女儿的。几个月之前，当我们在那条又窄又滑的乡间小路上遇到他时，他正坐在轿子上，因为那天下雨，道路泥泞不好走。但是，在阳光明媚的今天，他是走着来的，带着一种还没有被他的一把年纪所伤及的青春活力。他头戴一顶褪了色的绿色鸭舌帽，毫无疑问，就是我去千丈崖拜访会唱山歌的老磨工那天借用的那一顶，穿一件宽宽松松的蓝上衣，衣服大敞着，露出了里面的一件本色衬衫，麻布的，带有传统的布缝的纽襻，腰上系着一条黑色的皮带，真的是皮制的，闪闪发亮。

整个村子全都出动来迎接他。孩子们嚷嚷着跟在他身后乱跑，女人们开心地笑着，纷纷拿出了自己家里已经准备了好几个月的衣料，还有人放了几个鞭炮，把猪儿们惊得哼哼个不停，这一切营造出了一种节日的气氛。每一家都争着请他去家里住，希望有幸被他选上，成为他的第一户顾客。但是，令所有人都大吃一惊的是，老裁缝宣布道：

"我要住在我女儿的知青朋友们的家里。"

我们不知道，这一选择中隐藏着什么样的动机。依照我们的分析，老裁缝可能是想跟他未来的女婿建立一次直接的接触，但是，不管怎么说，这几天里，我们的吊脚楼变成了裁缝铺。这件事毕竟给了我们一个机会，得以从头好好见识一下女人们的内心世界，了解一下女人们天性中迄今仍不为我们所熟悉的一面。那几天真是一个节日，几乎像是乱哄哄的狂欢节，各色各样的女人，年纪老的、年纪轻的，长得俊俏的、长得丑陋的，家里有钱的、家境贫穷的，全都拿着衣料、花边、彩带、纽扣，以及缝衣服的线，甚至还有她们梦想中的衣服式样，在那里争奇斗艳地互相比着。当她们量身裁衣的时候，阿罗和我被那热闹的场景惊得目瞪口呆，她们的叽叽喳喳，她们的不耐烦，还有她们就要从内心中爆发出来的生理欲望。没有任何的政治制度，也没有任何的经济约束，能够剥夺她们想穿得好、打扮得美的渴望，这是一种跟我们的世界同样古老、跟她们天生的母性同样古老的渴望。

到了晚上，村民们给老裁缝带来的鸡蛋、猪肉、蔬菜、水果，已经在吃饭间的一个角落里堆了一大堆，就像是敬奉给菩萨的供品。男人们也赶来了，有的独自来，有的三三两两地结伴而来，掺和到女人群里。有些男人比较腼腆，乖乖地坐在炉火边上，赤着脚，低着头，只敢偷偷地抬眼睛朝姑娘们瞥上一眼。他们用镰刀那锋利的刀刃，剪除脚上硬得像石头一样的趾甲。另一些男人看来更有经验，胆子也更大，毫不难为情地跟女人们开着玩笑，影射一些多少算是淫秽的事情。后来，忍无可忍的老裁缝终于拉下了脸，把他们赶了出去。

我们三个一起安安静静地吃晚饭，吃得很快，提到我们第一次在小路上见面的事，我们都笑了起来。晚饭之后，我提议为我们的来客拉一段小提琴，然后再上床睡觉。但是，他半眯起眼睛，拒绝了。

"还是给我讲一段故事吧，"他一边求我们，一边打了一个长长的哈欠，"我女儿告诉过我，你们两位讲故事都讲得很精彩。正是为了这个，我才要睡在你们这里的。"

或许是听说过这位山里裁缝晚上很容易疲劳，也许面对着未来的老丈人显得有些谦虚，阿罗建议由我来接受这一挑战。

"来吧，"他鼓励我说，"快给我们讲讲我还不晓得的什么新东西。"

稍稍犹豫了一下之后，我决定扮演午夜说书人的角色。在开始之前，我还是请我的这两位听众先用热水好好洗一下脚，然后钻进被窝里，免得他们听着听着我的故事都坐在那里睡着了。我们拿出了两床厚厚的干净被子，请我们的客人舒舒服服地躺在阿罗那张床上的新被窝里，我们俩则紧紧巴巴地挤在我那张床上。当一切准备妥当，而老裁缝的哈欠声变得更为低沉、更为响亮时，我熄灭了煤油灯，为的是省油，脑袋靠在枕头上，闭着两眼，静静地等着一个故事的第一句话从我的嘴里流出。

假如我还没有偷尝那些禁果的话，假如我还没有读过四眼皮箱中的那些禁书，我本来肯定会选一个中国或者朝鲜的电影来讲，或者甚至选一个阿尔巴尼亚电影来讲的。但是，那些无产阶级革命现实主义风格的电影，那些昔日里提供给我们有滋有味文化营养的电影，现在在我看来，与人类的普遍欲望，与真正的痛苦，尤其是与真实的生活，竟然是那么的背道而驰，我看不出有什么必要非得在一个那么晚的时辰还要去讲它们。突然，一本我刚刚读完的小说故事映现在了我的脑海里。我敢肯定，连阿罗都还不知道它的故事，因为他只是对巴尔扎克情有独钟。

我直起身子，坐在床沿上，心中琢磨着如何说出第一句话来，那句最难的、最微妙的话。我想表达出某种十分简洁的东西。

"我们的故事发生在1815年的马赛。"

我的声音回荡在漆黑一团的屋子里。

"马赛在哪里？"老裁缝问道，话音中透出蒙眬的睡意。

"在世界的另一头。这是法国的一个大海港。"

"你为啥要让我们到那么远的地方去呢？"

"我要给你们讲一个法国水手的故事。不过，假如你们对它不感兴趣的话，那也没有关系，我们马上睡觉好了。明天再见！"

在黑暗中，阿罗紧紧地靠近了我，在我的耳边轻轻地嘀咕道：

"我的老兄，你真棒！"

一两分钟之后，我又听到老裁缝的嗓音响了起来：

"你的那个水手，他叫啥名字？"

"一开始，他叫爱德蒙·邓蒂斯，后来，他成为了基督山伯爵。"

"基督？"

"对，这是耶稣的另一个名字。它的意思是救世主，大救星。"

就这样，我开始讲起了大仲马写的那个故事。幸运的是，阿罗时不时地打断我的叙述，低声地给我作一些言简意赅的解释；他表现得越来越对故事感兴趣，这使我能更加专注地重新集中起精力，摆脱由老裁缝的插话提问给我带来的难堪。老裁缝无疑已经被所有那些复杂的法国人名字，那些遥远地方的陌生名称，还有白天一整天的活计弄得昏昏欲睡，从故事开始之后就没有再说过一句话。他似乎早已沉浸在了铅一般沉重的睡意之中。

渐渐地，大师大仲马的才华占了上风，而我也把我们的来客彻底忘掉了；我讲啊，讲啊，只顾一个劲地讲着……我的句子变得更加确切，更加具体，更加紧凑。付出了一定的努力之后，我很好地保留了讲第一个句子时的那种简洁语调。而且，讲着讲着，我甚至很愉快地发现，我似乎清清楚楚地展示出了这个故事的情节发展，把握住了它的复仇主题，我琢磨透了小说家为编织故事而铺垫的种种线索，我知道他是如何大胆而又巧妙地把一条条线索串联起来，直到最后让它们交叉到一起；这就像是在看着一棵大树连根拔起，从土中出来，展示着它那雄伟粗壮的茎干，它那茂盛的浓枝密叶，还有它那赤裸裸的多杈多须的根系。

我不知道时间流逝过去了多少，一个钟头？两个钟头？还是更长时间？但是，当我讲到故事的主人公，那个可怜的法国水手被送进了一个苦牢，将在里面监禁二十年时，我感到十分疲惫，不得不打住不再讲了。

"现在，"阿罗对我耳语道，"你讲得比我还要好了。你本该当个作家的。"

听了这个天才说书人的恭维，我不禁陶醉得有些飘飘然，很快地，我就被一阵困意攫住，停顿在了那里。突然，我听到老裁缝的嗓音在黑暗中喃喃响起。

"你怎么停住不讲了？"

"怎么回事！"我叫嚷起来，"原来你还没有睡着啊！"

"根本就没有睡着。我在听着你讲呢。我很喜欢你的故事。"

"可是我现在却困死了。"

"好歹，你还是多少再讲上一段嘛，我求求你了。"老裁缝坚持道。

"那好，就再讲一段，只讲一小段，"我对他说，"你还记得吗，我刚才讲到哪里了？"

"你讲到，他被关进了一个城堡中的大牢，那是大海中的一个孤岛……"

我对我那位听众的精确细致感到惊讶，他毕竟已经上了年纪了，能这样实在难得，于是，我继续着我们那个法国水手的故事……每隔半个钟点，我都要停下来，而且常常是在讲到一个关键时刻，这样做不是由于疲劳，而更多地出于一个讲故事人纯洁无辜的卖关子。我等着听众请求，然后又继续下去。当同样也关在大牢中的那位长老，向我们可怜的爱德蒙吐露了一个秘密，说是在基督山岛上掩藏着一大堆金银财宝，而且帮助他成功地逃出死牢时，拂晓的曙光已经从墙缝中钻进了我们的屋里，门外也传来了云雀的鸣啭声，还有燕雀的啁啾声。

这个通宵熬下来可把我们都累垮了。老裁缝不得不拿出一点钱给村里，以便村长允许我们留在家里休息。

"你好好地歇着，"老裁缝眨着眼睛对我说，"好好准备一下，今天晚上继续给我讲这个法国水手的故事。"

这无疑是我一生中讲过的最长的一个故事：它持续了整整九个夜晚。我实在不明白，这老裁缝的体力是从哪里来的，他听了一夜故事之后，第二天还能干活，踩上一整天的缝纫机。不可避免的是，由于受到了这位法国作家的影响，一些奇思怪想，神秘的和自发的念头，开始出现在了村民们新做的服装上，尤其是种种有关航海水手的因素。假如大仲马看到我们的山民们穿着某种水手服似的短上装，他本人可能第一个会感到惊奇，这些衣服双肩窄，领子大，肩后面方，脖子前尖，风一吹来便扑啦扑啦地拍响。它们几乎在散发着地中海的异国气息。由大仲马描绘、而后又由他的徒弟我们这位老裁缝剪裁的蓝色的水手裤，已经赢得了姑娘们的欢心，裤腿宽大，迎风飘荡，从中似乎弥散开蓝色海岸①的芬芳清香。他让我们描画出一个五爪的铁锚，它成为了那几年中天凤山上女人们最时髦的图案。有些女人甚至还用金色的丝线，成功地把它们逼真地绣在了小小的纽扣上。然而，我们毕竟还不无嫉妒地保留了某些秘密，由大仲马在小说中仔细描述出的秘密，比如绣在旗帜上的那朵百合花，那种胸罩，那种华贵的裙子，那是专门保留给老裁缝的女儿的。

_____

① 蓝色海岸是法国南部地中海海岸的俗称，因为海水湛蓝而得名。

第三夜快结束时，一个小事故差点儿把一切都给毁了。大约是在清晨五点钟。我们正处于故事情节的关键处，依我的看法，这正是小说最精彩的部分：基督山伯爵回到巴黎后，靠着他聪明的算计，成功地接近了他以前的三个仇敌，打算对他们施行报复。一个接着一个，他在自己复仇的战略棋盘上精密地布下了兵力，开始了他狠毒的复仇计划。很快地，那个检察官就将陷入破产的境地，马上就要跌入敌人酝酿已久的陷阱中。就在我们的伯爵几乎将爱上检察官女儿的那一时刻，突然，一阵可怕的吱扭吱扭声响起，我们屋子的门被人推开了，一个男人黑乎乎的身影出现在了门槛上。黑暗中的那个男人，举着一个手电筒，灯光赶走了法国的伯爵，把我们带回到了天凤山的现实中。

　　来者不是别人，就是我们村的村长。他戴着一顶便帽。他那张一直肿到了耳朵根的脸现在肿得更厉害了，在手电筒灯光产生的阴影中越发显得走形，煞是可怕。刚才，我们过分地沉浸在了大仲马的故事之中，以至于根本就没有听到他走来的脚步声。

"啊！啥子风把你给吹来了？"老裁缝叫道，"我还在问自己，我今年是不是还有机会能见你一面，你倒自己来了。我听说你这几天很痛苦，因为一个庸医把你的牙给治坏了。"

村长没有看他一眼，仿佛他根本就不在屋里似的。他把手电筒的灯光对准了我。

"怎么了？"我问他。

"跟我走。我们到公社的治保办公室去谈谈。"

由于他的牙疼，他根本无法大发雷霆，不过，他那几乎听不清楚的喃喃声，早已经让我不寒而栗了，治保办公室这个名称通常就意味着一通惩罚，那是阶级敌人的一个地狱。

"为啥？"我问道，并用哆哆嗦嗦的手点燃了煤油灯。

"你在讲反动故事。幸亏在我们的村里，我还没有睡着，我永远保持了清醒的头脑。我老实告诉你吧，我从半夜起就一直在你们的门口了，你讲的我全都听见了，你那个啥子伯爵的反动故事。"

"请消消气，村长，"阿罗插嘴道，"那个伯爵可不是一个中国人。"

"我管他是不是一个中国人。终将有一天，我们的革命红旗要插遍全世界！一个伯爵，不管他是哪一国人，他只能是一个反动派，不会是别的啥好东西。"

"等一等，村长，"阿罗打断了他的话，"你还没有听过这故事的一开头。那个家伙，在伪装成贵族之前，曾经是一个贫穷的水手，按照毛主席语录上的分析，他可是属于最最革命的阶级中的一分子。"

"不要再拿你的花言巧语来愚弄我了，我没有空跟你浪费时间！"村长说，"你见过一个好人一心陷害一个检察官吗？"

说着，他往地上啐了一口，这标志着，假如我还不动弹的话，他可就要动手了。

我站起身来，中了陷阱，自认倒霉，我披上一件粗布的衣裳，穿上一条结实禁磨的长裤，那架势像是准备去劳教所住上一段日子似的。我掏空了衬衫的衣兜，发现还有一点点钱，便把它们递给阿罗，生怕它们落入治保办公室那些刽子手的手中。阿罗把那些钱币扔在床上。

"我跟你一起去。"他对我说。

"不，你留下，把一切都照料好，是好是坏，是祸是福，你就多多担待吧。"

说这番话的时候，我不得不强忍着把眼泪吞进肚子里。在阿罗的眼睛里，我看到他明白了我想说的话：把那些书藏好，说不定我禁不起折磨就会把它们供认出来；我不知道我是不是经受得起挨打，挨耳光，挨皮鞭，反正听人说过，在治保办公室里审讯时，私设公堂可是家常便饭。我就像一个被打垮的俘虏，朝着村长走去，双腿哆嗦着，跟我小时候第一次打架时一模一样。我还记得，当时我扑到对手的身上，一心只想表现出我是多么的勇敢，但是我的双腿却不由自主地哆嗦起来，彻底泄露了我内心的胆怯。

村长的吐气中有一种龋齿的味道。他小小的眼睛，以及眼睛中那三点红红的血斑，以一种坚毅的目光迎接着我。一瞬间里，我以为他要抓住我的衣领，把我一把推下楼梯去。但是他停在那里一动也不动。他的目光抛弃了我，紧紧地盯住了床架上的木板条，然后停留在了阿罗的身上，他问阿罗道：

"你还记得我给你看过的那小块锡块吗？"

"好像不记得了。"阿罗答道，有些莫名其妙。

"就是那个小玩意儿，我请你帮个忙，把它浇到我那颗坏牙上去的那块东西。"

"对了，我现在记起来了。"

"我还一直把它带着呢。"村长说着，从他的衣服兜里掏出了那个小小的红缎子包裹。

"你打算怎么着？"阿罗问他，依然还是一脸的莫名其妙。

"要是你，你这个牙科名医的儿子，能够治好我的牙，我就放你的朋友一马。不然的话，我就把他带到治保办公室去，这个胆敢讲反动故事的坏家伙。"

*

村长的牙床像一道被撕裂的山脉。在一排黑乎乎的发肿的牙龈上，挺立着三颗像是史前玄武岩岩石的门牙，颜色暗黑，而他的犬牙则令人联想起洪积世地质时代的石头，牙面的钙质麻麻粒粒的，烟草一样的颜色。至于他的大牙，一些齿冠上有了裂槽，对这些，牙医的儿子已经以一种确诊的口气做了肯定，而它们都标志着梅毒的一种先兆。村长扭转了脑袋，却没有否定这一诊断。

给他带来痛苦的那颗牙位于上牙床的尽头里，旁边就是一个黑乎乎的洞，像是一个暗礁，钙质的、贝壳灰岩的、多细孔的、孤单的却又充满威胁的暗礁。这是一颗智牙，其珐琅质和牙本质都损坏得很厉害，已经形成了一个龋齿。村长的舌头，覆盖着一层黏糊糊的什么东西，显出一种微微发黄的浅浅的粉红色，不断地探测着附近深深的空洞，那便是那位庸医的差错留下的后果，随后，它又抬起来充满柔情地抚弄那个孤零零的暗礁，最后发出一记清脆的吧嗒声。

一根镀了铬的缝纫机钢针，比普通的针要稍稍粗一些，慢慢地滑进了村长大开着的嘴巴里，一动也不动地停在那颗智牙上，但是，它刚刚轻轻地碰了牙齿一下，村长的舌头就条件反射地冲向了擅入的外来物，说时迟，那时快，它已经舔着了冷冰冰的物体，金属的，陌生的，一直碰到它那尖尖的针头：舌面上顿时滚过一阵颤抖。它缩了回去，仿佛被挠了痒痒似的，然后，它受到陌生感觉的刺激，又来探测钢针，几乎有些贪婪地舔着它。

缝纫机的踏脚在老裁缝的脚下踩动起来。那根针，由一根皮带跟缝纫机的传动轮连在一起，开始旋转起来；村长的舌头受到了惊吓，顿时缩了回去，阿罗用手指头尖捏着那根针，同时调整着手的位置。他等待了几秒钟，然后，踏脚的速度加快了，钢针打到了龋齿上，病人嘴里马上发出了一记尖利的叫声。阿罗的手刚刚把钢针挪开一点点，村长便像一块根基松动的大岩石，从我们为他准备的放在缝纫机边上的床上出溜下来，几乎跌倒在地上。

"你差点儿把我给杀了！"他一边爬起来，一边冲老裁缝嚷道，"你是不是要我的老命呢？"

"我早就对你说过了，"裁缝回答道，"我在集市上看到过这些。都是你自己坚持，非要我们来做江湖郎中不可的。"

"真他娘的痛啊。"村长说。

"痛是免不了的，"阿罗肯定地说，"你晓得吗，在一家正规的医院里，一个电动牙钻的钻速是多少？每秒钟高达好几百转呢。针越是转得慢，你就越是觉得痛。"

"那就再来试一次吧，"村长很坚决地说，同时整了整头上的帽子，"都已经有整整一个礼拜，我吃不了饭，也睡不好觉了，长痛不如短痛，干脆还是一了百了吧。"

他闭上眼睛，不敢看那根针伸进他的嘴里，但是，结果还是一样。钻心的疼痛把他从床上重重地掷了下来，连钢针都留在嘴里没有拿出。

他猛烈的动作震得煤油灯直摇晃，而这时候我正端着一个铁勺子，在那油灯的火苗上熔锡块呢。

尽管这情景很是可笑，却没有一个人敢笑出声来，我们直担心他会出尔反尔，把我带到公社去治罪。

阿罗重新拿起钢针，擦了擦，检查了一下，然后给村长递过一杯水，让他漱了漱口。村长朝地上吐了一口血水，就吐在他那顶掉到了地上的帽子旁边。

老裁缝惊得目瞪口呆。

"你流血了。"他说。

"假如你想让我把你的龋齿钻透,"阿罗说着,捡起了那顶帽子,把他重新戴在村长那乱蓬蓬的脑袋上,"我看已经没有别的办法,只有把你绑在床上了。"

"要绑住我的手脚吗?"村长叫了起来,有些恼火的样子,"你忘了,我可是公社领导任命的干部!"

"既然你的身体拒绝配合,那么我们万不得已,只有冒犯你了。"

他的决定确实令我大为惊诧。我常常问我自己,而且多次地重复,甚至在今天还在重复问着我自己这同一个问题:这个政治上和经济上的暴君,这个小村中的警察,他怎么可能同意接受这样的一个建议,把自己置身于一个如此可笑、如此有辱身份的姿势呢?他的脑子里进了什么鬼呢?当时当地,我根本没有空闲去细想这一问题。阿罗迅速地把他绑了起来,老裁缝承担了一件困难的任务,用双手把他的脑袋摁住,他让我代替他去踩缝纫机的踏板。

我很严肃地履行着我的责任。我脱下了鞋袜,当我的光脚板碰到机器的踏脚时,我感觉到我那使命的整个重量全都压在了我脚底的肌肉上。

阿罗刚给我使了一个眼色，我的双脚就使劲地压下踏板，让机器转动起来，接着，我的双脚就被这有节奏的机械运动带了起来，跟着它迅速地动着。我逐渐地加速，就像是个自行车运动员在大道中冲刺；钢针颤抖着，震动着，重新接触到那阴险而具威胁性的暗礁。这种接触，一开始在村长的嘴里产生出一种支支吾吾的叫喊，只见他像一个疯子那样在紧身束缚衣中拼命地挣扎。他不仅被一条很粗的绳子绑在床上，而且还被老裁缝那双像铁钳一样的手死死地摁住了脖子，老裁缝把他夹得紧紧的，把他卡定在一个姿势中，完全够得上在电影中拍一个肉搏的场面。白沫从他的嘴角上冒出来，他变得脸色苍白，几乎透不过气来，直在那里呻吟着。

突然，像是火山即将爆发那样，我不知不觉地感到，从我的内心深处爆发出一种虐待狂的冲动：我立即减慢了踩踏板的速度，满脑子都是在农村插队落户接受再教育的回忆。

阿罗朝我投来同谋般的一瞥。

我还在减速，这一次是为他威胁我要带我去治罪而报仇。钢针转动得那么慢，简直就像是一个转得疲倦了的钻头，差一点就要出故障。它转动到了一个什么样的速度呢？一秒钟转一圈？一秒钟两圈？有谁知道呢？无论如何，镀铬的钢针最终还是钻透了龋齿。它旋转着，从运动中完全停了下来，这时候，我的双脚令人担忧地想休息一下，就像是自行车运动员在冲下危险的山坡时停止了踏蹬子。我表现出一种平心静气的、纯洁无辜的神态。我的眼睛没有简化为两道充满仇恨的细缝。我假装在检查皮带轮或者传动皮带。然后，钢针又开始重新转起来，慢慢地旋转着，仿佛那个自行车运动员现在正在艰难地爬着一个陡坡。钢针变成了剪刀，变成了充满仇恨的雕刻刀，在暗黑色的史前岩石上挖出了一个洞，飞溅起了一阵奇怪的大理石的尘雾，油腻的，发黄的，像干奶酪似的。我从来没有见到过像我这样的虐待狂。我敢向你们保证。一个放纵自己的虐待狂。

老磨工讲的故事

对头，是我看到了他们，只有两个人，全都脱得光溜溜的。我像平时一样，到山后头的深谷去砍柴，我一礼拜去砍一回柴；我总是经过那个小小的激流潭。它到底在哪里？离我的磨坊有两三里路。湍流从六七丈高的地方落下来，溅到老大的石块上。飞瀑的脚下，有一个小小的水潭，其实差不多就算是一个水塘，不过，那里的水很深，很绿，水色很暗，被圈在岩石中间。那里离山路太远，人们也很少去那里。

我没有一下子就看到他们，不过，在鼓鼓的山岩上睡觉的小鸟好像被啥子东西惊醒了；它们全都扑啦啦地飞起来，从我的头顶上飞过，发出很响的叫声。

对头，那是一些长着红嘴巴的乌鸦，你是咋个晓得的？它们一共有十来只。中间有一只，我不晓得它是没有睡醒觉，还是比别的乌鸦更好斗，一边盘旋，一边朝着我扑下来，翅膀哗的一下就从我的脸上扫过。眼下对你说话时，我还能想起它身上那种实在闻不得的恶臭味。

那些乌鸦把我从平日的砍柴路上打发回来。我朝小小的激流潭瞥了一眼，我就是在那里看见了他们，脑壳儿露在水上。他们肯定是从岩石上跳到水里的，跳得很精彩，很吓人，要不，才不会把红嘴乌鸦惊得飞起来。

你的"翻译"吗？不，我还没有一下子认出他来。我两眼直盯着在水里头的这两个人，他们的身子交缠在一起，紧紧抱成一团，在那里不停地转着，转过来，又转过去。他们把我的脑壳儿弄得是那么糊涂，过了好一会儿，我才算明白过来，从岩石上跳进水里还不是他们的最得意的成就。不！他们正在水里头日×。

你说啥子？性交？这个字眼对我来说太文绉绉了。我们山里人，我们喜欢说日×。我可不愿意当个偷看的人。我的老脸都红了。我这一辈子可还是头一遭看到这样的事，男人女人在水里头做那事。我已经不能走了。你晓得，在我这把年纪，我们已经不会保护自己了。他们的身体在最深的水里旋着，朝着水潭边上转过去，滚到了浅水中的一块大石头上，那里的潭水碧透碧透的，被太阳晒得发热，他们戏耍的淫荡动作在水底下变得夸张，走了形。

我实在有些难为情，说实话，并不是因为我不肯放弃这个饱眼福的好机会，而是因为我心里很清楚，我太老了，我的身体已经软弱无力，只剩下了一把硬邦邦的老骨头。我晓得，我再也体会不到他们正在享受着的水里游鱼那样的快乐了。

日×完了后，那个女娃子在水里捞起一大串树叶当做遮羞布。她把它围在自己的腰杆上。看起来，她不像她那个伙伴那样疲惫，相反，她浑身上下好像有用不完的精力，又在岩壁上攀爬起来。时不时地，我的眼睛会盯不住她。她消失在一块覆盖着绿茵茵鲜苔的岩石后，隔一会儿，她又出现在另外一块岩石上，好像她突然从一条石头缝里蹦了出来。她不断整着她腰上的那串树叶，让它真的遮住她的羞。她想爬上一块巨大的岩石，它就在小小的激流潭上面三丈来高的地方。

肯定，她不可能看见我。我藏得很隐蔽，躲在一丛茂密的灌木丛后面。这是一个我不认识的女娃子，她从来没有来过我的磨坊。当她站在峭壁前鼓出来的陡石上时，我离她是那样的近，可以好好地赏看一下她光溜溜的、湿漉漉的身子。她戏弄着她的遮羞布，把它在自己光溜溜的肚子上和雪白的奶子下转着，她鼓出来的奶头颜色有些发红。

长着红嘴巴的乌鸦又飞回来了。它们停栖在一块高高的、很狭小的石头上，围在她的身边。

突然，她向后退了两三步，在它们中间劈开了一条路，紧接着，真可怕，她使劲地一冲，一下子就跳在了空中，胳膊伸得大大的，就像是在天上滑翔的燕子的翅膀。

乌鸦也在这一刻飞起来了。不过，在飞往远处之前，它们俯冲在女娃儿的身边，而那个女娃儿，好像变成了一只正在飞翔的燕子。她的翅膀伸展开，水平的，一动也不动；她就这么飞翔着，直到落进水里，这时候，她的胳膊一分开，就钻进了水里，不见了。

我的眼睛滴溜溜地乱转，寻着她的伙伴。他正坐在小水潭的坡岸上，赤着身子，闭着眼睛，背靠在一块岩石上。他的那个雀雀儿软塌塌的，好像疲劳得睡着了。

就在这一刻，我好像觉得，我在哪儿看到过这个小伙子，不过，我怎么也想不起是在哪儿了。我走开了，后来在树林里，正当我开始砍一棵树时，我才猛然记起来，他就是那个年轻的翻译，几个月之前，他曾经陪着你来过我这里。

他真是走运啊，你那个冒牌的翻译，幸亏他碰上的是我。我这个人，对啥子都不会大惊小怪的，而且，我也从来没有揭发过任何人。要不然，他可就会有麻烦了，治保办公室肯定饶不了他，这一点，我敢向你保证。

阿罗讲的故事

我回想起了什么？她游泳是不是游得很好？是的，游得棒极了，现在，她游得跟海豚一样美。以前吗？不，她游得跟山里的农民一样，只会划胳膊，不会蹬腿。在我教会她蛙泳之前，她还不知道怎样把胳膊张开，她只会像狗那样在胸前一个劲地刨水。但是，她有一个真正游泳选手的好身材。而我呢，我也就是教了她那么两三招。现在她已经学会游泳了，甚至连蝶泳都会了；她的腰波浪一般地起伏，她的上身浮出水面，形成一道流线型的完美曲线，她的胳膊伸展开，她的双腿鞭打着水，恰似一头海豚的尾巴。

而她无师自通、独自学会的，是危险的高空跳水。我这个人，我有些晕高，我从来就不敢从高的地方往下跳水。在我们的水中乐园，一个位于僻静处、水十分深的水潭，每一次她都要爬上一块高得令我眩晕的岩石上，然后往下跳，而我则留在下面，瞧着她从空中几乎垂直地落下来，不过我的脑袋会发晕，我的眼睛会把小小的高石台跟它后面的白果树混淆起来，那一棵棵高大的白果树在天空中勾勒出皮影戏一般的轮廓。她变得很小很小，小得就像是挂在树梢上的一个小果子。她冲我喊着什么，但那就像一颗果子在那里微微作响。一个遥远的声音，几乎听不清楚，因为溅落到岩石上的飞瀑声太响。突然，果子坠落，飘过空中，它随风而飞，向我飞舞而来。最后，它变成了一支箭，紫红色的，纺锤般的，脑袋钻入水中，既没有什么太大的声响，也不激溅起什么水花。

在被关进"牛棚"之前，我父亲经常对我们说，一个人会跳舞，那绝不是由其他人教会的。他说得有道理；同样，一个人会跳水，或者会写诗，也绝不是由别的人教会的，这种事情，一个人只能自己独自来领悟。有些人，你就算教他们一辈子跳水，他们都学不会，当他们跃入空中时，永远还是像一块石头那么僵，他们永远也无法完成一次像样的坠落，恰如一颗果子飞落那样。

我有一个钥匙圈，是母亲送给我的生日礼物，一个镀金的环圈，镶嵌有玉的叶片，玉片上有着一道道绿色的纹路，小巧玲珑，煞是可爱。我总是把这个钥匙圈带在身上，它成了我用来辟邪的护身符。我在那上面挂上了一大串钥匙，而我却一无所有。那上面有成都我们家的大门钥匙，我自己抽屉的钥匙——我的私人抽屉就在母亲的那个抽屉底下，还有我家厨房的钥匙，还有一把小刀，一把指甲刀……最后，我又在那上面加上了那把万能钥匙，就是为了偷四眼的书而自制的那把万能钥匙。我很珍惜地把它保留了下来，作为一次幸运偷窃的纪念。

九月的一天下午，我和她一起来到那个小水潭，我们的福地。像往常那样，这个僻静的地方没有一个人。潭水稍稍有些凉。我给她读了十来页小说《幻灭》。巴尔扎克的这部小说给我留下的印象，远不如《高老头》那样深刻，但是，当她在溪流河床的石头缝里抓住了一只乌龟后，我还是用我的小刀，在这只乌龟的背上，刻下了小说中两个野心勃勃的人物的形象，有着高高的鼻子，刻完之后，我又把那乌龟放生了。

乌龟很快地就不见了。突然，我问起我自己来：

"有一天，谁还会把我从这大山中放出去呢？"

这个问题，这个无疑很傻的问题，一下子使我陷入到一种尴尬的境地中。我顿时感到一种莫名的沮丧。我叠起小刀，瞧着挂在钥匙圈上的钥匙，我家的钥匙，在成都的家，它们对我可能永远也没有用了，瞧着瞧着，我差点儿哭出声来。我嫉妒那只回归了大自然的乌龟。在一阵绝望的冲动中，我把我的钥匙圈狠狠地扔进了深深的潭水中。

这时候，她以一种蝶泳的姿势，飞速地跃了出去，去捞我的钥匙圈。她一个猛子扎下去，消失在了水中，但是，她在水底下已经待了很长很长的时间，我不由得开始焦虑起来。水面上依然平静如镜，颜色是那么的发暗，几乎有些可怕，也没有任何气泡冒上来。我叫喊起来："你在哪里啊，我的天？"我喊着她的名字，喊着她的外号"小裁缝"，随后，我也跳下了水，透明而又深澈的潭水中。突然，我看见了她；她浮出了水面，就在那里，在我的面前，像海豚出水后那样地抖搂着身子，我万分惊讶地看到她那么优美地抖动身体，让她那秀美的长发撒落在水中。那实在是美极了。

当我游到她的身边时，我看到我的钥匙圈叼在她的嘴唇间，上面还滴着水，像是闪亮的小珍珠。

她肯定是世界上唯一一个还相信我会成功返城的人，她坚信我有朝一日会结束我的插队落户生涯，坚信我的钥匙还会对我有用。

从那个下午起，我们每次来到小水潭，捞钥匙圈就成为了我们的习惯游戏。我非常喜欢这种娱乐，并不是为了质疑我的未来，而仅仅是为了欣赏她漂亮的裸体，当她带着她那簌簌发颤的、几乎透明的树叶的遮羞布，在水中那么风流地抖搂身子时，她是那么地让我陶醉。

但是，今天，我们把钥匙圈丢失在了水里。我本来应该固执己见，不让她第二次跃入水底，再做那危险的打捞。幸亏，我们没有为此付出更重的代价。无论如何，我再也不愿意到那个地方去了。

今天晚上，回到村里之后，有一封电报在等着我，电报中说，我的母亲得了急病住院了，让我立即赶回去。

兴许靠着我那次成功的牙科手术，村长同意给我一个月的假期，让我回家陪伴母亲。明天一早就走。命运跟我开了一个玩笑，让我回到父母身边时身上没有钥匙。

小裁缝讲的故事

阿罗给我读的小说，总让我忍不住想跳到激流潭冰凉的水里去。为啥子呢？为了痛痛快快地发泄一通！这就像有的时候，你情不自禁地想把积压在你心头的话全都痛痛快快地说出来。

在水底，是一片巨大的光晕，蓝盈盈的，模模糊糊的，看不清楚，很难分辨出那里的东西。好像总是有一层纱布遮着，让你的眼睛发暗。幸运的是，阿罗的钥匙圈几乎每一次都落在同一个角落里，在小水潭的最中央，一块几个平方米的区域中。水底有一块块石头，当你碰到它们的时候，你才能勉强看清它们；有一些石头很小，大小像一个个浅颜色的鸡蛋，又圆又滑，待在那里已经有好多好多年了，兴许已经有好多好多世纪了，你能想象得出来吗？另一些，比较大一些，像是一颗颗的人脑壳，有的还带有水牛角一样的弧线，一点都不是开玩笑。时不时地，即便很少有这样的机会，你毕竟会碰到一些特别有棱有角的石头，尖尖的，很锋利的，时刻准备割你一下，让你流血，剐下你一块肉来；你甚至还能碰到一些贝壳。鬼才晓得它们是从哪里来的。它们变成了石头，表面覆盖着软绵绵的绿苔，紧紧地嵌在岩石一样硬的土中。不过，你能感觉到，它们依然还是贝壳。

你说啥子？我为啥喜欢再三再四地打捞他的钥匙圈？啊！我晓得啰。你一定觉得，我就像一条狗那样笨，会乖乖地跑去，把人家扔掉的骨头叼回来。我可不是巴尔扎克小说里那些年轻的法国姑娘。我是一个山里姑娘。我喜欢让阿罗感到高兴，就这些，没得别的。

你想让我给你讲一讲最后那一次的情景吗？那至少已经是一个礼拜前的事了。恰好是在阿罗接到他家里发来的电报的那一天。我们大约在中午时到的那里。我们游了一会儿水，不过没有游得太多，只是在水中好好地玩了一通。然后，我们吃我带去的玉米饼、鸡蛋，还有水果，我一边吃，一边听着阿罗给我讲一小段故事，就是那个后来成了伯爵的法国水手的故事。这是我爹爹听过的一个精彩故事，现在我爹爹也成了这个复仇者的一位无条件的景仰者。阿罗只给我讲了其中的一个场景，你晓得的，就是那一场戏，伯爵重又找到了他年轻时的未婚妻，那个害得他度过了二十年铁窗生活的女人。她假装没有认出他来。她表演得那么好，骗过了别人的眼睛，使人们都以为，她真的再也记不得往昔的事情了。啊！这真的让我难过得要死。

我们想睡上一个小小的午觉，不过，我怎么也闭不上眼睛，我还在想着那个场景。你晓得我们都做了些啥事情吗？我们在演戏，阿罗好像真的就是基督山伯爵，而我就是他往日的未婚妻，我们二十年之后在一个地方重新见面了。真是太神奇了，我甚至还即兴添加了一大堆的话，它们自己就从我的嘴里滔滔地涌了出来，像河流那样源源不断。阿罗也忘我地置身于那个水手的角色中。他永远在爱着我。而我所说的话就好像真的在刺痛着他的心，这个可怜的人，这从他的脸上就可以看出来。他朝我瞥来仇视的一眼，那么生硬，那么愤怒，就好像我真的嫁给了他那个把他害得好苦的朋友。

对我来说，这是一种从来没有过的体验。以前，我还从来没有想象过，一个人可以在依然成为他自己的同时，又扮演完全不同的另一个人，比如说，扮演一个富贵的、"心满意足的"女人，而我自己从来就不是那样的。阿罗对我说，我可以成为一个很好的演员。

演完戏之后，就是捞钥匙圈的游戏了。阿罗的钥匙圈像个石头子似的，又落在了往日的那个区域里。我一个猛子扎下去，来到深深的水底。我摸索着，搜遍了最阴暗角落中的那些石头，一厘米接着一厘米，突然，就在几乎黑乎乎一团的水幕中，我碰到了一条蛇。哎呀，有好多年我没有碰到过蛇了，但是，即便是在水中，我还是能认出它滑溜溜、凉丝丝的皮肤。出于本能的反应，我立即躲了开去，浮回到水面。

它是从哪儿来的？我没法晓得。它兴许是随着激流冲来的，兴许，这是一条饿坏了的水蛇，正在寻找着一个新的王国。

几分钟之后，不顾阿罗的劝告，我又跳入了水中。我不答应把他的钥匙圈留给一条蛇。

哪里晓得，这一次，我害怕到了啥样的程度！水蛇让我发疯！即便是在水里，我都感到冷汗在我的脊背上流下来。铺在潭底的一动不动的石头仿佛突然之间开始动起来，变成了活生生的活物，在我的周围张牙舞爪。你想象一下这光景！我急忙浮出水面来换口气。

第三次，几乎就要成功了。我终于看见了钥匙圈。在深深的水底，它看起来就像一个模模糊糊的指环，尽管还有些闪亮，但是，就在我的手摸到它的那一瞬间，我觉得，我的右手手腕上挨了一下，那是一条蛇的牙齿狠狠的一咬，很猛烈，疼得厉害，我丢下了钥匙圈，匆匆离去。

五十年之后，人们还将看到我手腕上那个可恶的伤疤。瞧，就这儿，你摸摸。

阿罗走了，一个月的假期。

我很高兴现在独自一人，这时候想做什么就做什么，想什么时候吃饭就什么时候吃饭，随心所欲。假如在阿罗临走前的那天晚上，他没有把一个艰难而又微妙的使命交给了我的话，我几乎就成了统治我们吊脚楼的快乐王子。

"我想让你帮一个忙，"他对我说，声音低低的，语气很神秘，"我希望，在我离开的这段时候，你来保护照应一下小裁缝。"

依他看来，她是当地许多小伙子垂涎的对象，追她的不仅有山里人，也有知识青年。他那些潜在的情敌，肯定会利用他这一个月的假期，蜂拥而来，踏破裁缝店的门槛，发起一场无情的求爱大战。"你别忘了，"他对我说，"她可是天风山的头号美人儿。"我的任务是要保证天天待在她的身边。就像是她心灵之门的守卫者，不让那些求爱者有任何一丝可乘之机钻入她的私生活中，不让他们进入这个只属于阿罗、只属于我的这位司令官的领域。

我接受了这一任务，受宠若惊。阿罗显示出了他对我何等盲目的信任啊！在他离开之前，居然请我帮这样的一个忙！这就如同他把一件最珍稀的宝物，把他毕生的财富委托给了我，而毫不怀疑我会趁火打劫。

在那个时刻，我只有一个意愿：决不辜负他的信任。我想象自己成了一支溃败的军队的将领，要护送我最好的朋友即另一个将军的妻子，穿越一片可怕的大荒漠。途中的每一个夜晚，我都要带着一把手枪和一柄冲锋枪，在这个高贵女人的帐篷前站岗放哨，驱走那些对她的肉体垂涎三尺的凶恶猛兽，它们的眼睛正射出贪婪的欲火，在黑暗中闪闪发亮，如点点磷火一般。一个月后，在历尽磨难之后，我们将走出荒漠，把种种非凡的考验留在身后：铺天盖地的沙尘暴，缺粮断吃，缺水断饮，手下人马的叛乱……最后，当那个女人奔向我的朋友，那个将军，两个人彼此扑进对方怀中时，我将因为饥寒交迫和疲惫不堪，昏倒在最后一个沙丘的顶上。

就这样，从阿罗匆匆离开天凤山、被那封电报召回城里的第二天起，每天一大早，一个身穿便衣的警察便出现在了通向小裁缝那个村的山路上。他神色严峻，步履匆匆，真是一个执着的警察。季节已到了秋天，警察被秋风赶着，走得飞快，就像是一艘被风鼓得满满的帆船。但是，在经过了四眼原先住过的屋子后，山路向北一拐，警察便不得不顶风而行了，他弓着背，低着头，像是一个坚毅而又有经验的远足者。来到我以前曾提到过的那段险路了，三十厘米宽，两边都是陡峭的山崖，这一番为美的远征不得不经过的险段，这时候，他放慢了脚步，但没有停步，也没有四肢着地爬行，只是放慢了脚步而已。每一天，他都赢得了与眩晕搏斗的胜利。他以一种微微摇晃的步伐穿越这段险路，两只眼睛瞪得大大的，漠然无畏地盯着长有红喙的乌鸦，它始终栖息在同一块岩石上，在险路的另一端。

只要踩空一脚，我们这位走钢丝的警察就将坠下万丈深渊，或者从左侧落下去，或者从右侧掉下去，但结果都一样，摔得粉身碎骨。

这个不穿警服的警察有没有对乌鸦说话？他有没有带给它一点点吃食？依我看，没有。他对此有很深刻的印象，是的，甚至很久很久之后，他的记忆中还铭刻着那只鸟儿朝他投来的无动于衷的泰然目光。只有神仙才能显出如此的泰然自若。但是，那鸟儿不能够动摇我们这位警察的坚定信念，他的脑子里只装着一件事情：他的使命。

让我们强调一下，往日里由阿罗来背的那个竹篓，现在落到了我们这位警察的背上。一本巴尔扎克的小说，傅雷翻译的，总是藏在竹篓里头，塞在树叶或者蔬菜底下，再不然就是在大米或者玉米底下。有几天早晨，天低云暗，这时候，你若是远远地看去，根本就看不见人影，就会觉得仿佛只有一个竹篓在那里，自个儿爬行在山路上，并消失在灰蒙蒙的云雾中。

小裁缝并不知道她是在我的保护底下，她只把我当作一个替人代课的朗读者。

我这不是什么自吹自擂，我坚信，自己的阅读，或者说这种方式的阅读，比起这位前任来，似乎更讨这位听者的喜欢。大声地读上一整页，会让我感到厌烦，从而无法忍受，于是，我决定实践一种大致上的阅读，就是说，我先读它两三页，或者一个短短的章节，让她一边听，一边踩着缝纫机干活。然后，经过一番短暂的思考之后，我向她提一个问题，或者请她猜一猜后来会发生什么故事。等她回答后，我马上给她讲书中是如何叙述的；几乎每一段都这样处理。时不时地，我情不自禁地添加一些东西，东一点西一点，或者不如说，硬塞进去一些我个人的小小意见，使得故事能更让她喜欢。有时候，当我觉得巴尔扎克老爹疲惫了的时候，我甚至还虚构一些情景，或者插入从另一部小说中借来的某个插曲。

让我们来讲一讲这个裁缝成衣王国的缔造者，这个家庭作坊的男主人吧。一年四季，老裁缝几乎总是在附近各村各庄做着职业巡回裁缝，在各次巡回之间，他待在自己家里的时间也就是两三天而已。他很快就习惯了我每天的来访。更有甚者，有他在场，一大批想装扮成顾客的求爱者也不敢登门了，不知不觉中，他倒成了我那使命的最佳合谋人。他没有忘记住在我们吊脚楼里的整整九个夜晚，那是在听着《基督山伯爵》的故事中度过的。同样的体验又在他自己的家里重复了。他跟着一块儿听了《邦斯舅舅》的部分章节，依然是巴尔扎克的小说，一个稍稍有些忧郁的故事，兴许他对这故事不像对大仲马那么着迷，但总算还有一些兴趣。纯粹出于一种巧合，他连续三次碰上了有裁缝西卜出场的故事，这西卜是小说中的一个次要人物，是被贩卖废铜烂铁的旧货商雷蒙诺克用毒药慢慢地毒死的。

在这世界上，没有一个警察能像我这样满怀如此的热情履行一项使命。在读完了《邦斯舅舅》的一个章节后，我先把小说放在一边，主动干起了家务活儿；每天都是我去村里的公用水井担水，肩上挑着两大桶水，把小裁缝家的水缸挑满了。我还常常替她做饭，在要求具有一个厨师般耐心的众多烹调细节中，我找到了一些卑微的快乐：我洗菜切菜，洗肉切肉，用一把不太顺手的斧头劈柴，搬柴生火，灵敏地维持着一堆随时都将熄灭的炉火不让它灭。有时候，如果情况需要，我还会毫不犹豫地去吹火，在一片浓浓的、呛得人喘不过气来的烟雾中，把嘴张得大大的，用我充满青春活力的不耐烦的气息，把火给吹旺。一切进展得很快，不久，对待女人时应有的礼貌和尊敬，从巴尔扎克小说中学来的这一套跟女人打交道的方式，就把我变成了一个洗衣妇，我甚至冒着初冬的寒意，跑到小溪边去洗这个洗那个，而小裁缝却留在家里，干着她成天都干不完的裁缝活。

这种显而易见的、令人愉悦的驯从，引导我更近地接触到女性生活的隐秘。凤仙花，你们有没有听说过？人们很容易在种花人那里或者各家的窗台上找到它。这是一种有时候颜色发黄、有时候又鲜红鲜红的花，它的果实膨胀、躁动、成熟，轻轻地一碰就爆裂，把里面的种子抛撒出来。它可以说是天凤山上的本名花，因为，在它花儿的形状中，你可以从各种角度看出一只凤凰的脑袋、翅膀、脚爪，甚至还有尾巴。

一天下午，天色已近傍晚，我和小裁缝两个人一起单独待在厨房里，避开了众人好奇的目光。在那里，兼任朗读者、说书人、厨师、洗衣妇各项角色的警察，正在一只木盆中小心翼翼地把小裁缝的手指头尖漂洗干净，然后，他又像一个谨慎细心的女美容师那样，在她的每一片手指甲上，轻轻地涂上厚厚一层从揉碎的凤仙花中提取出来的花汁。

她的手指甲，跟那些村姑农妇的简直不可同日而语，一点儿也没有被田里的农活弄得变形；左手的大拇指上有一条粉红色的伤疤，无疑是激流潭中的那条水蛇留下的。

"你是从哪儿学来这一套女娃儿家的玩意儿的？"小裁缝问我。

"我妈妈对我说起过。照她的说法，明天早晨，等你把贴在手指头上的那些小布条揭走后，你的指甲就已经染上了鲜红的颜色，就像是涂上了什么颜色油一样。"

"它能留很长时间吗？"

"十来天吧。"

我真想向她提一个请求，请她明天早晨允许我在她红红的指甲上吻一下，作为对我小小杰作的报酬，但是，一看见她大拇指上依然新鲜的伤疤，我就迫使自己严守我的身份所规定的戒律，并认真履行我已向赋予我使命的统帅作出的庄严承诺。

那天晚上，我背着那个藏了《邦斯舅舅》的竹篓，从她家中出来，突然，我意识到，我已经在村里不少年轻人中激起了嫉妒的火焰。我刚刚拐上了山路，一群农民，有十五六个人，便出现在了我的背后，并静悄悄地跟着我走。

　　我回过头来，朝他们投去一道目光，但是，他们年轻的脸上那恶狠狠的敌意令我惊讶，我不由得加快了步子。

　　突然，一个嗓音在我的背后响起，可笑地夸大着我那城里人的口音：

　　"啊！小裁缝，请让我来为你洗衣服。"

　　我的脸红了，明白无误地意识到，他们在滑稽地学我的样，模仿我，嘲笑我。我回过头去，想看清楚这恶作剧的作者到底是哪一个：原来，他是村里的那个瘸子，这群人里头年龄最大的一个。他正挥舞着一把弹弓，就像挥舞一根指挥棒。

　　我假装什么都没有听见，继续走我的路，然而，那群人却一拥而上，把我给团团围住了。众人推搡着我，齐声高喊瘸子的那句话，爆发出下流的笑声，野里野气的，像是在起哄。

很快地，侮辱变得越来越明确，形成了一个要命的句子，只见一个人指着我的鼻子大声地说：

"给小裁缝洗裤衩的软货！"

这句话，给我带来了何等巨大的震惊！我的对手给了我何等明确的指控！我一下子愣住了，连一个字都说不出来，也无法掩饰自己的难堪，因为我确确实实给她洗过一条裤衩。

这一刻，瘸子匆匆地赶到了我前头，挡住了我的去路，他拉下他的长裤，褪下他的短裤，露出了他那乱蓬蓬的毛丛中那个干瘪萎缩的玩意儿。

"拿去吧，我想让你也帮我洗洗裤衩！"他一边高声嚷嚷，一边发出了淫秽的笑声，像是在故意寻衅，一张脸激动得变了形。

他高举起他那条黄兮兮的裤衩，黄得近乎发黑，上面满是补丁，还有污垢，在他头顶上挥舞着。

我真想破口大骂，把我熟悉的脏话一股脑儿全抛撒出来，但是，我实在是太愤怒了，竟至于激动得过了头，连一句脏话都没有"喷洒"出来。我浑身哆嗦着，直想哭。

接下来的事，我已经记得不太清楚了。但是，我只知道，我当即发起了一次可怕的冲锋，扑到了瘸子的身上，竹篓在我的背上高高地跃起。我想劈脸给他一下子，但他成功地躲开了，拳头只是击中了他的右肩。在这场寡不敌众的搏斗中，我明显地吃了大亏，终于被两个壮小伙子制住了。我的竹篓啪地一响，从背上掉了下来，翻了一个滚，里面装的东西撒了一地：两个鸡蛋打碎了，蛋白蛋黄流到了一片菜叶子上，把落到尘土中的那本《邦斯舅舅》的封面也弄脏了。

霎时间，四下里鸦雀无声；我的冒犯者们，就是说，那些没有被小裁缝看上眼的追求者，尽管全都是文盲，还是被突然出现在眼前的这个奇特物件惊呆了：一本书。他们团团围拢过来，在书本周围形成了一个圆圈，除了那两个摁着我肩膀的年轻人。

没有了裤衩的瘸子蹲了下来，翻开那本书的封面，发现了巴尔扎克的那幅黑白画像，长长的一把大胡子，灰白的小胡子。

"这是马克思吗？"其中一人问瘸子，"你应该晓得，你比我们见识多。"

瘸子迟迟疑疑地不肯回答。

"兴许是列宁吧？"另一个说。

"也许是斯大林，没有穿军装。"

趁着一片混乱，我死命一挣，挣脱了我的双臂，一个箭步冲上前去，几乎是扑了上去，扒拉开团团围着的农民，直冲那本《邦斯舅舅》。

"让开，谁都不能碰。"我高声叫道，仿佛那是一枚随时就要爆炸的炸弹。

瘸子还没有来得及明白过来是怎么回事，我就从他手里一把抢过那本书，然后撒腿就跑，冲上了那条山路。

随着几声喊叫，一阵石子雨落在了我身后，伴随了我好长的一段路。"洗女人裤衩的软货！熊包！让我们给你来点再教育吧！"突然，弹弓打来的一粒小石子击中了我的左耳，一阵剧烈的疼痛让我一下子丧失了部分的听觉。出于条件反射，我用手捂住了耳朵，于是，我的手指头染上了鲜血。

在我的身后，叫声变得更加响亮，骂人话也变得更加下流。声音从峭壁上反弹回来，在群山中久久回荡。我听到有人威胁着要处我以私刑，还有的威胁着要绑架我。然后，一切归于宁静。万籁俱寂。

在返回的路上，受了伤的警察违心地决定放弃他的使命。

那一天，夜晚似乎变得格外的漫长。我们的吊脚楼显得那么的荒芜，那么的潮湿，远远要比以往阴暗得多。一股被弃空房的味道弥散在空气中。一股很容易分辨出来的味道：冷冰冰的，带着哈喇味和霉味，那么冲，那么浓烈。仿佛这里根本就没有人住。那一夜，为了忘却我那左耳朵的疼痛，我借着两三盏煤油灯的灯光，又重读了我最喜爱的小说《约翰·克里斯朵夫》。但是，即便是煤油灯呛人的烟味，也无法驱走那股空房子的味道，我觉得，自己越来越迷失在这股味道之中。

耳朵已经不再流血了，但是它变青了，肿了起来，继续让我难受，影响我的阅读。我轻轻地揉着它，又一次感觉到一种强烈的疼痛，几乎令人发狂。

多么特别的一夜啊！我至今仍然记忆犹新，但是，在那么多年之后，我始终无法解释我为何做出了那样的反应。那一夜，耳朵隐隐作痛，我在床上翻过来又覆过去，无法入眠，仿佛是躺在针毡之上。我满脑子想的不是怎么报仇，怎么把嫉妒得要命的瘸子的耳朵割下来，相反，我又看到自己被那帮人纠缠上了。他们对我动用私刑，他们百般地折磨我。夕阳的丝丝余晖在一把尖刀上投下它的闪光。这把刀，在瘸子的手中舞动着，不像是屠夫用的那种传统的杀猪刀；它的刀刃长得出奇，尖得出奇。瘸子用他的手指头，轻轻地抚摩着雪亮的刃口，然后，他把刀高高地举起，一刀割下了我的左耳朵，连一点儿声响都没有发出。我的耳朵掉到了地上，又弹跳起来，然后又落下，与此同时，刽子手却正得意扬扬地拭擦着那溅上了鲜血的长长刀口。小裁缝哭喊着赶到现场，终于打断了这一番野蛮的私刑，瘸子为首的那一伙人顿时仓皇逃散。

于是，我看到自己被小裁缝救下。这个手指甲被凤仙花染得鲜红的姑娘，她任由着我满嘴含住她的手指头，用我那黏糊糊的、滚热的舌头尖舔着它们。啊！凤仙花那黏稠的汁液，凝结在她闪闪亮的手指甲上的我们天凤山特有的山花汁液，有一种甜丝丝的滋味，还发出一种有点像麝香的香味，激起了我肉体上一种隐隐的快感。沾了我的口水之后，指甲上的红颜色变得越发浓烈，越发鲜艳了，然后，它变软了，像滚烫的火山熔岩似的蠕动着，它臌胀着，咝咝作响，在我的嘴里转动，像是一团真正的火山岩浆。

然后，熔岩的波浪开始了一种自由的旅行，一种远征；它从我被打伤的胸脯上流下来，逆行在这一片大陆的广袤平原上，绕过我的奶头，滑向我平坦的肚腹，并停在了我的肚脐眼上，在她舌头的推动下，它钻进了我的肚脐眼中，迷途于我那些蜿蜒曲折的血管和腑脏，最后终于找到了道路，一直流向我的男性之根，它早已经到了自己独立的成熟年龄，眼前正激奋昂扬，滚烫如火，放荡不羁，再也不愿服从于由警察这一角色规定的那些严厉然而虚伪的约束。

最后一盏油灯的灯光开始摇曳起来，而后终因缺油而熄灭，留下警察一个人在黑暗中，孤零零地俯卧在床上，放纵自己于一次夜间的背叛，玷污了他的裤衩。

闹钟上的荧光指针指着午夜十二点。

"我有麻烦了。"小裁缝对我说。

那是我遭到那帮下流的求爱者攻击的第二天。我们俩待在她家厨房里，被一会儿绿颜色、一会儿又变成黄颜色的缭绕不散的烟雾包围着，烟雾中还夹杂着从锅里冒出来的饭香。她在砧板上切菜，我管着灶火，而她的父亲，刚刚从各乡村巡回归来，正在客堂间里干活；可以听见他踩缝纫机那熟悉的有节奏的声音。看起来，他也好，他的女儿也好，谁还都不知道我遭到袭击的事情。令我惊讶的是，他们居然没有注意到我左耳朵上青肿的伤斑。当时，我满脑子转动着想找一个借口，好向小裁缝提出我的辞呈，以至于连她在说什么都没有听见，她不得不重复她的话，才能把我从沉思中唤醒过来。

"我碰上大麻烦了。"

"是瘸子那帮人吗？"

"不是。"

"那么是跟阿罗吗？"我问她，带着一种情敌才有的希望。

"也不是，"她很忧愁地回答道，"我真后悔，不过已经太晚了。"

"你在说啥呢？"

"我老是恶心。今天早上，我吐了一地。"

这一刻，我的心一下子揪得紧紧的，我看到，大颗大颗的泪珠从她的眼睛中涌出，静静地从她的脸颊上流下，一滴接着一滴地落在菜叶子上和她的手上，她的手指甲染得鲜红鲜红的。

"我爹要是晓得了，非把阿罗给杀了不可。"她说着，轻轻地哭了起来，没有一丝抽泣声。

两个月以来，她就一直没来月经。这一点，她没有对阿罗说起过，不过，他却是这次生理故障的责任者或者罪人。一个月之前，当阿罗离开时，她还没有开始担心。

一下子，这些意外的和反常的眼泪震撼了我，比她忏悔的内容还更震撼了我。我真想一把将她抱在怀里，好好地安慰她一番。见她那么痛苦，我的心里更是痛苦万分。但是，她父亲踩着缝纫机发出的咔嗒咔嗒的响声，仿佛是一声声的召唤，把我拉回到了冷酷的现实中。

她的痛苦确实是很难用话语来安慰的。尽管我对两性之间的事情还很懵懵懂懂，几乎可说是懵然无知，可我还是明白了，这两个月没有月经意味着什么。

我很快就被她的慌乱所传染，自己也跟着乱了方寸，背着她悄悄地掉了眼泪，就仿佛她怀上的是我自己的孩子，就仿佛在巍峨的白果树下或者在小水潭清澈的水流中，跟她做爱的是我，而不是阿罗。我觉得自己大动了感情，我的心跟她贴得很近很近。我将会一辈子充当她的守护神，我甚至准备一辈子到死都打光棍，只要这样做能稍稍减轻她的忧虑。我甚至想到了要跟她结婚，只要法律允许的话，哪怕只是维持一种名义上的婚姻，只要能让她合法地、平平安安地生下我朋友的孩子。

我朝她的肚子瞥了一眼，她穿了一件手织的红颜色套头毛线衣，我只看到，从那里传出一阵阵有节奏的悸动，那是因痛苦而导致的呼吸困难和抽泣。当一个女人开始为没有了月经而哭泣时，你是没有办法劝慰住她的。我的心中一下子充满了恐惧，我感到我的双腿掠过一阵颤动。

我忘记了最根本的事情，就是说，忘了问她是不是打算在十八岁时做母亲。这一忘却的理由其实很简单：留住孩子的可能性根本就不存在，任你说破大天都不存在。没有一家医院、没有一个山里的接生婆敢于违背法令，为一对没有结婚的年轻人的孩子接生。而阿罗只能在七年之后才能跟小裁缝结婚，因为法令禁止在二十五岁之前结婚。我们的罗密欧和怀了孕的朱丽叶不但没有希望结婚，而且也找不到一个地方可以偷偷地活着，躲避法令的惩罚和世人的耳目，像鲁滨逊一样孤独地生活，并得到一个曾扮演过警察角色的礼拜五的帮助。这地方的每一平方厘米的土地，都在"无产阶级专政"的严密控制之下，全中国的大地上都布下了天罗地网，谁要钻半点的空子都是痴心妄想。

当她平静下来后，我们开始商量实施一次人工流产的种种可能性。我们背着她父亲反复地争论，寻找着最隐蔽、最有保证的办法，使得这对年轻人不仅避免一种政治上和行政上的惩罚，而且避免丢脸面。英明的立法似乎把一切都算计好了，他们上天无路，入地无门：在结婚之前，他们不能把他们的孩子生下来，而法令又禁止堕胎。

在这个重要的时刻，我不由得由衷地敬佩我朋友阿罗的先见之明。他真有福气，他委托给我一个保护神的使命，而忠心耿耿的我也不辱使命。我成功地说服了他的非法女人，让她不要求助于山里的药草师傅，怕他们不但会让她中毒，而且会揭发她。然后，我还劝阻了她，不让她从屋顶上往下跳，我说这样做纯粹是白痴行为，因为后果不堪设想，不仅不能把胎儿打下来，反而会落下个残疾，到头来，只能嫁给村里的那个瘸子。

第二天早上，像我们在头天晚上商量好的那样，我闪电一般地去了我们的县城荥经镇，以探测去医院妇产科做手术的可能性。

荥经镇，你们一定还记得，就是那个很小很小的镇，小得只要镇委会食堂一烧洋葱炒牛肉，全镇都能闻到它的香味。在一个小山岭上，就在我们看过露天电影的那个中学的篮球场后面，坐落着小小医院的两栋房子。第一栋，专门用作门诊，位于山岭的脚下；它的大门口竖立着一幅毛主席的巨大画像，身穿军装，挥着巨手，仿佛正在向排队等候的病人们、还有又哭又叫的孩子们挥手致意。第二栋，高高地位于山岭顶上，是一栋四层楼的楼房，没有阳台，砖头的墙面上刷了石灰；它只用作住院治疗。

就这样，经过了整整两天的行走，以及在一个虱子乱爬的小旅店中一个整夜睁着眼睛的苦熬，在一个早上，我带着一种侦探才有的谨慎，钻进了医院的门诊楼。为了不知名知姓地混迹于看病的农民之中，我特地穿上了我那件旧了的羊皮短袄。我的双脚一旦踏入到从小就那么熟悉的医疗领地中，立刻就感到不舒服，浑身冒汗。在一楼，在一条阴暗、潮湿、狭窄、充满微微令人恶心的地下室气味的走廊尽头，见到一些候诊的女人，她们坐在两排靠墙而摆的长椅上；大多数女人都挺着大肚子，有些还在轻声地呻吟。就在那里，我看到了妇产科的字样，用红漆写在一块木板上，挂在唯一一道紧闭的诊室门上。几分钟之后，那道门开了一条缝，一个很瘦的女病人走了出来，手里捏着一张处方，于是，下一个候诊者便钻进了门。通过门缝，我勉强看见一个穿白衣服的医生的身影，坐在一张办公桌后面，还没等我看个仔细，门就又关上了。

这道我根本无法走到跟前的门也太小心眼了，我不得不再等着它下一次打开。我需要看清楚这个妇产科大夫长得什么样。但是，当我转过脑袋时，坐在长椅上的女人们朝我投来了何等愤慨的目光啊！那些女人真正地愤怒了，我敢向你们起誓！

令她们惊诧不已的，是我的年龄，这一点，我心里清楚得很。我本来应该男扮女装的，在我的衣服里塞上一个枕头，假扮成一个孕妇。因为，我这样一个十九岁的年轻小伙子，身穿一件羊皮短袄，站在待满了女人们的走廊中，确实有一种擅入者的姿态，令人难堪。她们全都瞧着我，仿佛我是一个性反常的怪人，或者是一个窥视癖，故意跑到这里来偷窥女人们的秘密。

我的等待是多么漫长啊！那道门一直纹丝不动。我身上燥热了起来，我的衬衣已经被汗水浸湿。为了确保我抄在羊皮上的巴尔扎克的小说不被洇湿，我脱下了皮袄。女人们开始交头接耳地说开了，满脸神秘兮兮的样子。在这阴暗的走廊中，她们很像是一些肥胖的密谋者，在一种半暗不明的光线中策划着什么阴谋。简直可以说，她们是在酝酿着一次私刑。

"嘿！你这娃儿，在这里做啥子嘛？"一个凶狠的女人嗓音响了起来，她拍着我的肩膀。

我扭头一看，这是个短头发的女人，上身穿一件男式短上衣，下身穿一条长裤，头戴一顶草绿色的军帽，胸前佩戴着一枚红底的金黄色毛主席像章，这是她思想觉悟的外在标志。尽管她已经有了身孕，挺了一个大肚子，她的脸上却依然长满了青春痘，疙疙瘩瘩的，流着脓水。说实话，我真为在她肚子里长大的孩子感到惋惜。

我决定装傻充愣，没有别的目的，只想刺激她一下。我继续直盯盯地瞧着她，直到她很愚蠢地重复她刚才的问题。然后，慢慢地，就像是在电影的慢镜头中那样，我把我的左手放到我的耳朵后，做出聋哑人似的动作。

"他的耳朵青肿青肿的。"一个坐着的女人说。

"要看耳朵，不在这里！"戴军帽的女人大声嚷道，仿佛是在对一个小聋子说话，"上楼去瞧，眼科！"

顿时，女人堆里像是炸了窝一样！她们叽叽喳喳地争论起来，不知道看耳朵到底应该去什么科，是去眼科，还是去五官科，而就在这个时候，那道门开了。这一次，我有时间把那位妇产科医生的脸深深地铭刻在了我的脑海中：一个四十来岁的男子，长长的灰白头发，瘦瘦的脸，神色疲倦，嘴里叼了一根烟。

在这第一次认定之后，我做了一次长长的漫步，就是说，我漫无目的地在镇上唯一的那条街上溜达。我记不清楚，我有多少次一直走到街尽头，穿过篮球场，再回到医院的门口。我一直不停地想着这个医生。他看起来比我父亲还年轻。我不知道他们是不是互相认识。我打听到，他每礼拜一和礼拜四在妇产科主持门诊，而其余的时间，他要轮流地负责外科、泌尿科和消化道内科的工作。他很可能认识我的父亲，至少应该知道我父亲的姓名，因为在成为阶级敌人之前，我父亲在我们省内算是赫赫有名的专家。我试图想象我的父亲或者我的母亲处在他的地位会怎么想，在这个县医院中，在挂着"妇产科"招牌的诊室的门后，接待乡下姑娘小裁缝和他们的宝贝儿子。那将肯定是他们一生最大的灾难，比"文化大革命"本身还更糟糕！他们根本就不会容我有时间解释是谁把姑娘的肚子搞大的，他们会觉得他们丢尽了脸面，一脚把我踢出门外，并永远不再见我的面。这一点很难理解，"资产阶级知识分子"尽管在当权者的迫害下受尽了苦难，但是，从伦理道德上来说，他们跟他们的迫害者是一样的严厉保守。

那天中午，我找了一家小饭馆吃饭。一进饭馆，我立即就后悔了，这一顿奢侈的午饭花费了我很多的钱财，但是，这是唯一一个可以跟陌生人待在一起的地方。谁知道呢？兴许我会在那里遇上一个二流子，他对堕胎这一行的三十六计全都一清二楚。

我点了一个鲜辣椒炒鸡肉，还有一碗米饭，开始慢慢地吃。这顿饭，被我故意拖了很长时间，吃得比一个没了牙齿的老头还慢。但是，随着盘中的鸡肉一点点地减少，我的希望也渐渐地开始飞走了。这镇上的二流子，看来比我还更贫穷、更吝啬，他们是从来不肯进饭馆门的。

在两天时间里，我与妇产科的接触毫无结果。我终于可以与之探讨一下这个话题的唯一一个人，是县医院值夜班的看门人，一个曾当了三十年警察的人。因为跟两个姑娘睡了觉，一年之前他被清除出公安局。我一直在他值班的小屋里待到半夜，我们一边下棋，一边讲述各自的冒险经历。他求我把我们山区的漂亮女知青介绍给他，而我则大言不惭地冒充这方面的行家老手，但是，他却拒绝了我的要求，不肯给我那个"月经有了麻烦"的朋友以援手。

"不要对我说这些事，"他心怀恐惧地对我说，"万一医院领导发现我参与了这类事，就会给我一个死不改悔的惯犯罪名，而且毫不犹豫地让我直接二进宫了。"

到了第三天，将近中午时分，因为我确认已经无法敲开妇产科医生的门，便准备立即上路返回我的小山村，这时，突然间，我的脑海里猛然想起了一个人：这个镇上的牧师。

我不知道他叫什么名字，但是，当我们在篮球场上看露天电影的时候，他那在风中飘逸的银色的长发实在让我们喜欢。即便当他穿着满是污泥点子的蓝大褂，绰着一把木头柄的大扫帚，在大街上扫地的时候，即便当所有人，甚至包括五岁的小孩，都会无端地打他，侮辱他，或者往他的身上吐唾沫的时候，他浑身上下仍然透着某种贵族气。整整二十多年以来，人们一直禁止他行使其宗教职能。

我每次想到他，都会回忆起别人对我讲过的一个小故事。一天，红卫兵去抄他的家，发现在枕头底下藏着一本书，用一种外文写成，但是，谁也不知道那是哪一种外语。这情景跟瘸子那帮人围绕着《邦斯舅舅》看热闹的那场戏不无相似之处。红卫兵们只好把这本充公的书送到北京大学，才总算弄明白了，原来这是一本拉丁语的《圣经》。这让牧师付出了沉重的代价，因为，从此之后，他就被迫去扫大街，而且总是扫同一条街，无论刮风下雨，从早到晚，每天都得扫八个钟头。扫到后来，他几乎就成了街景一个活动的点缀。

就一个堕胎的问题，去讨教一个牧师，这在我看来是一个离奇的念头。我莫不是因这个小裁缝的缘故，正在昏头昏脑地走向迷途？随后，我突然十分惊奇地意识到，三天以来，我还一直没有看见这位扫大街的老人银白的头发，还有他机械一般的动作。

他上哪里去了呢？我急忙向卖香烟的小贩打听：牧师是不是已经结束了他的强迫劳动。

"没有，"他回答我说，"那个可怜的人，他只剩下一口气了。"

"他得的啥子病？"

"癌。他的两个儿子已经从很远的大城市赶了回来。他们把他送进了县医院。"

也不知道是为了什么，我赶紧往医院跑。我不是慢悠悠地散步穿越小镇，而是飞跑着，跑得上气不接下气。赶到山岭顶上的住院楼时，我决定碰一碰运气，向垂死的牧师征求一个建议。

住院部楼内，混杂着一股药品的气味和没有打扫干净的公共厕所的臭气，还夹杂有烟雾和油烟，刺得我鼻子直发痒，喘不上气来。不知底细的人还会以为来到了一个战时的俘虏营：住院病人的病房同时还用作厨房。病人的床边，就在便盆、在挂着输液瓶的三脚架旁边，满地杂七杂八地堆放着饭锅、菜锅、切菜板、鸡蛋、蔬菜、酱油瓶、醋瓶、盐罐，一派乱糟糟的景象。在这一午饭时分，有些人正俯身在冒着烟的热锅上，把筷子探进锅里，搅和着面条；另一些人则在炒鸡蛋，鸡蛋在热油里噼里啪啦地乱响一气。

这一背景把我弄糊涂了。我不知道，在一个县医院里竟然会没有食堂，病人们不得不自己动手解决吃饭问题，而他们自己还是患了病的住院者，行动根本就不太方便，更不用说，还有一些病人是手脚受了伤的，甚至还是肢残者、畸形者。这些小丑般的厨师展现出一派纷杂喧闹、乱七八糟的景象，他们身上花里胡哨地捆绑着红色的、绿色的和黑色的石膏，好些地方的绷带也散了，在滚水锅冒出的蒸汽中飘荡着。

在一个放了六张床的病房中，我找到了濒死的牧师。他在输液，身边围着他的两个儿子和两个儿媳妇，都是四十来岁的年纪，还有一个老妇人，一边流着眼泪，一边在一只煤油炉上为他做饭。我悄悄来到她的身边，蹲了下来。

"你是他的妻子吗？"我问她。

她点了点头表示没错。她的手颤抖得厉害，都快拿不住鸡蛋了，我赶紧从她手中接过鸡蛋，替她把它们打碎了。

她的两个儿子，都穿着蓝色的中山装，扣子一直扣到领口，一脸严峻的神色，看来像是当干部的，或者像是殡仪馆的职工，然而，他们的举止却像是记者，全神贯注地伺弄着一个很旧的录音机，它吱吱扭扭地转着，好像生了锈似的，黄色的漆皮已经斑驳成了鳞片。

突然，一个尖利的、震耳欲聋的声音从录音机中传出，像一声警报，回荡在病房中，差一点把正在各自病床上吃饭的其他病人的饭碗从手中震落。

小儿子终于掐灭了这一声魔鬼般的噪音，这时，他的兄长把一个麦克风伸到老牧师的嘴唇边。

"爸爸，你说几句话吧。"大儿子在求他。

牧师满头银白色的头发几乎已经掉光，他的脸变得几乎认不出来了。他瘦得那么厉害，简直就只剩下了一张皮包着一副骨头架。薄得跟纸一样的一张皮，蜡黄蜡黄死气沉沉。他的身体，以前曾是那么强壮，现在却已经彻底萎缩。他蜷缩在被子底下，与痛苦顽强地搏斗着，终于，他好不容易睁开了沉重的眼皮。这一生命的信号令他周围的家人惊喜交加。麦克风又伸到了他的嘴边。录音机里的磁带也开始转动起来，发出一种碎玻璃被踩在皮靴底下似的刺啦刺啦声。

"爸爸，再使一点儿劲，"儿子说，"我们这是最后一次来给你录音，你就给孙儿们说些啥子吧。"

"要是你能念一段毛主席语录，那就再好也不过了。一个简短的句子，或者，一句革命口号也成，来吧！孩子们将会晓得，他们的爷爷不再是一个反动分子，他的思想发生了根本的变化！"儿子大声说着，仿佛他现在变成了一个录音师。

一阵微微的颤抖掠过了牧师的嘴唇，几乎难以发现，但是他的嗫嚅却听不见。在一分钟期间，他不知在喃喃地说着什么，反正谁都听不明白。即便连那个老妇人，她也承认听不懂他的话。

然后，他又昏迷过去。

他的大儿子倒回了磁带，全家人又一次听着这神秘的信息。

"这是拉丁语，"大儿子说道，"他在用拉丁语做他最终的祈祷。"

"这才是他。"老妇人说着，用一块手绢轻轻地擦着老牧师被汗水浸湿了的额头。

我站起身来，一言不发，朝门口走去。就在这一时刻，出于纯粹的偶然，我突然发现了那个妇产科医生的身影，他穿着白大褂，从门口走过，恰如一次菩萨显灵。就像在电影的慢镜头中那样，我看到他最后吸了一口烟头，然后，慢悠悠地把烟从嘴里吐出，扔掉烟蒂，消失了。

我急忙穿越病房，撞翻了一只酱油瓶，被地上一只空锅绊了一脚。这一眨眼工夫的耽误实在是要命，等我冲到走廊中时，已经太晚了，医生早就不在那里了。

我挨着门一个房间一个房间地寻找他，见人便问有没有见到那个医生。最后，一个病人用手指头给我指了指走廊尽头的一个房间。

"我看见他走进了那里，那个单人病房。听说，那里头送进来一个工人，是红旗机械厂的，被机器切掉了五根手指头。"

走近那个房间时，我听到一个男人痛苦的号叫声，尽管房门紧闭着，那哭叫声还是传了出来。我轻轻地推了一下房门，门毫无抵抗就悄悄地开了，一点儿声响都没有。

医生正在给受伤的工人包扎，那工人坐在床上，脖子挺得僵僵的，脑袋向后仰着，靠在墙上。这是一个三十来岁的男人，光着上身，肌肉发达，脸色黧黑，脖子粗壮。我走进了房间，把门在身后关上。他那血淋淋的手只包了薄薄的一层纱布，白色的纱线上满是鲜红的血，血一滴一滴地流下来，落在置于床边地上的一只搪瓷盆里，滴答滴答的流血声混杂在他的呻吟中，像是一座走得不稳的挂钟发出的声音。

医生满脸倦容，失眠引起的，就像我上一次在门诊室里看到他时那样，但是，他已经不那么漠然，不那么遥不可及了。他展开一大卷纱布，为工人包扎着受伤的手，一点儿都没有注意到我的在场。我的羊皮袄对他不产生任何的效果，因为他不得不专心致志地忙于紧急处理。

我从衣兜里掏出一支香烟，点燃。然后，我走近病床，以一种几乎可说是潇洒大方的动作，把那支香烟——我仿佛把它看成我那个小裁缝朋友可能的救星——塞到医生的嘴里，不，是塞到他的双唇之间。他朝我看了一眼，什么话都没有说，一边继续包扎着，一边吸着烟。我又点燃了另一支香烟，把它递给受伤者，他用他的右手接过。

"帮我一下，"医生对我说，并递给我一段纱布的头，"把它捏紧了。"

我们分别站在床的两边，把纱布朝自己这边拉紧，这架势就像是两个人正在用一根绳子捆扎什么行李。

流血减慢了，受伤者不再呻吟。那支香烟落在地上，他突然就睡着了，医生说，麻醉开始起作用了。

"你是哪一个？"他问我，一边问，一边不停地为那只手包扎上纱布。

"我是在省医院工作的一个医生的儿子，"我对他说，"不过，他现在已经不在那里工作了。"

"他叫啥名字？"

我本来想告诉他阿罗的父亲的姓名，但是，我父亲的姓名早已脱口而出。接下来的，是一阵令人难堪的沉默。我感觉到，他不仅认识我的父亲，而且还知道他的政治挫折。

"你找我想要做啥子？"他问我。

"是我的妹妹……她遇上了一个麻烦……月经有些问题，有几个月没来月经了。"

"这是不可能的。"他冷冷地对我说。

"为啥？"

"你父亲没有女儿。你走吧，你这个撒谎的人！"

说这最后两句话时，他并没有高声地嚷嚷，也没有用手指头指着门口，但是，我能看出来，他真的是生气了；他真该把烟头扔到我的脸上。

我的脸一下子羞得滚热，走了几步之后，我朝他转过身子，听到自己对他说：

"我建议我们来一个交易：假如你能帮助我的朋友，她将会感激你一辈子，我还会给你一本巴尔扎克的书。"

突然听到巴尔扎克的名字，他的心里该是感到了多大的震惊啊！因为眼下这一时刻，他正在县医院，在这个偏僻的地方，在这个离巴尔扎克的世界那么遥远的地方，为一只受伤的手做包扎。经过一段长时间的犹疑之后，他终于开口说话了。

"我已经对你说过，你是一个撒谎的人。你怎么可能有巴尔扎克的书呢？"

我没有回答，而是脱下了我的那件羊皮袄，把它翻过来，给他看我抄写在光羊皮上的巴尔扎克小说；皮袄上的墨迹比起以前来，已经变得有些淡了，但是依然还能认读。

他一边开始读手抄的小说，或者不如说，他一边做着笔迹的鉴定，一边掏出一盒香烟，递给我一支。他抽着烟匆匆地浏览了一遍。

"这是傅雷先生的译本，"他喃喃说道，"我认出了他的文笔。他跟你的父亲一样，可怜的人，成了一个阶级敌人。"

这句话让我激动得哭了。我很想止住我的哭声，但是，我做不到。我像个小孩一样哇哇大哭起来。那些眼泪，我相信，不是为小裁缝，也不是为我要完成的使命而流的，而是为了我并不认识的巴尔扎克的译者而落的。这难道不是一个知识分子在这个世界上所能得到的最大奖赏、最大安慰吗？

在这一瞬间，我感到的激动甚至令我自己都万分惊讶，直至今天，它还清晰地留在我的记忆中，甚至让这一邂逅之后发生的种种事情都黯然失色。一个礼拜之后，礼拜四，由这位兼科医生和文学爱好者约定的日子，小裁缝装扮成一个三十岁的妇女，脑门上围了一条白布巾，迈过了手术室的门槛，而与此同时，因为让她怀上了孕的事主还没有回天凤山呢，我便在手术室外的走廊上等了三个小时，被门后面传来的各种声响弄得提心吊胆：遥远的、模糊的、沉闷的声音，水龙头的流水声，一个陌生女人尖利的喊叫声，女护士们听不见的低语声，匆匆的脚步声……

手术进行得很顺利。当最后我被允许进入手术区时，那位妇产科医生正在一个充满了苏打水气味的大房间里等着我，房间的尽头，小裁缝坐在一张床上，正在一个女护士的帮助下穿衣服。

"告诉你吧，肚子里是一个女娃儿。"医生悄悄地对我说。

他嚓地一下划燃了一根火柴，点了一支香烟，开始抽烟。

除了我当初答应的，即那本《于絮尔·弥罗埃》之外，我还给了医生那本《约翰·克里斯朵夫》，那个时代中我最爱的一本书，同样也是那位傅雷先生翻译的。

尽管刚刚动了手术，行走有些困难，小裁缝走出医院那一刻的轻松心境，真有点像一个本来受到威胁要被判处无期徒刑、现在却被认定无罪而当庭释放的人。

小裁缝拒绝在小旅店中休息，她坚持要去公墓中看一看，看看两天前刚刚埋葬在那里的那个牧师。在她看来，正是这位牧师把我引向了医院，并以一只看不见的手安排下了我跟妇产科医生的邂逅。我们用剩下的几个钱，买了两斤橘子，作为祭品摆在他的坟前。这是一座水泥砌的、微不足道的甚至是小里小气的坟。我们很遗憾不懂拉丁语，无法用这种语言，用他在生命的最后一刻说过的这种语言，为他做一次追悼祈祷，请求上帝保佑他，或者诅咒他一生扫大街的不幸命运。我们再三犹豫着，不敢在他的坟前发誓，有朝一日要好好学一学拉丁语，然后再回来用这种语言跟他说话。经过一阵长时间的争论，我们决定不学拉丁语了，因为我们不知道哪里可以找到课本（兴许还得去四眼父母那里再尝试一次新的偷窃），而且，尤其是，不可能找到一个能教拉丁语的老师，在我们这个地方，除了老牧师，还没有任何一个中国人懂得这门语言。

在老牧师的墓碑上，刻着他的姓名和生卒年份，除此之外，就再也没有关于他个人生命的任何信息了，也没有一个字提到他的宗教活动。只有一个"十"字画在上面，是一个红颜色的普通"十"字，就仿佛他生前曾是一个药剂师或者医生。

我们暗暗发誓，假如将来有一天我们有了钱，宗教也不再被禁止了，我们一定要回来，在他的坟前竖起一个墓碑，彩色的，带浮雕的，上面要雕刻一个飘洒着银白色头发的人像，头上戴一个荆冠，就像耶稣那样，但是胳膊不要伸成"十"字。他的双手，不是手心被铁钉钉穿，而是紧紧地握着一把扫帚的长柄。

小裁缝本来还想去一个佛庙还愿，但在那些年里，所有的庙都关了门，她只想从围墙上扔几张钞票进去，表一表心意，感谢老天爷慈悲开恩。但是，我们早已身无分文了。

这就是巴尔扎克和小裁缝的故事。现在，时间已到，我该来为你们描述一下这个故事的最后景象了。应该让你们听一听一个严冬之夜划亮六根火柴的刺啦声。

　　那是小裁缝做人工流产手术的三个月之后。黑夜中，四下里团团回转着微风的吹拂声和猪圈中的哼哼声。阿罗回到我们山区也已经三个月了。

　　空气中有一股冰霜的味道。刺啦一下，一记清脆的声音，响亮而又冰冷，一根火柴擦亮了。我们这个吊脚楼的一团黑影，凝定在几米远的地方，被一苗微光搅乱了，在黑夜的外套中哆嗦起来。

　　火柴差点儿中途熄灭，在它自己冒出的黑烟中窒息，但它又获得了一丝新的气息，摇摇曳曳，凑近了躺在吊脚楼前地上的《高老头》。一张张书页被火苗舔到之后，便蜷缩起来，翻卷起来，彼此耷拉到一起，字词飞快地奔向外面。可怜的法兰西姑娘从梦游的幻觉中被火光唤醒，她想夺路而逃，但已经太晚了。当她重又找到心中所爱的表哥时，她已经被火焰吞没了，而那些金钱迷，姑娘的那些求婚者，还有她的百万家产，也跟她一起全都化为了灰烬。

另外三根火柴同时点燃了《邦斯舅舅》《夏倍上校》《欧也妮·葛朗台》。第五根火柴抓住了钟楼怪人卡西莫多，他拖着他鸡胸驼背的身躯，背着他心爱的姑娘爱丝梅拉达，逃往巴黎圣母院前的街石。第六根火柴落到了《包法利夫人》上面。但是，那火焰就在它自身的疯狂中，突然来了一次清醒的歇息，不愿意从这一页开始烧，那时分爱玛在卢昂城一家旅馆的房间里，躺在床上抽烟，她年轻的情人蜷缩在她的身边，喃喃地说道："我想死你了……"这一根火柴，愤怒而又有选择性，挑选了全书的结尾发起进攻，在那一幕，爱玛临死之前，以为听到了一个瞎子在唱：

小姑娘到了热天

想情郎想得心酸

当一把小提琴开始演奏起一支葬礼曲时，一股怪风袭来，把书中的火吹得旺旺的；化为了新鲜灰烬的爱玛飞扬起来，跟她那些碳化了的同胞混杂在一起，飘舞着，飘舞着，升上了空中。

沾上了纸灰的琴弓和马尾，在金属弦上滑过，弦线闪闪发亮，映出了熊熊的火光。这提琴的声音，就是我的声音。小提琴手，就是我。

阿罗，点火焚书的人，这个著名牙医的儿子，这个曾经四脚着地爬过危险山路的浪漫情人，这个巴尔扎克的热心崇拜者，此刻蹲在火堆边，心醉神迷，两眼死死地凝视着火焰，中了魔似的，以往深深地吸引了我们心灵的那些字词和人物形象，现在跳跃在那火焰中，然后慢慢地变成灰烬。他一会儿号啕大哭，一会儿又放声大笑，活像一个疯子。

没有一个证人出席我们的献祭。村里人，早已习惯了我的小提琴声，肯定更喜欢待在自己的家里，焐在热乎乎的被窝中。我们本来打算邀请我们的老朋友，那位老磨工，带着他的三弦，来跟我们一起，唱一唱他那些风流的"老山歌"，来抖一抖他肚皮上数不清的细细皱纹，但是，很不幸，他病了。两天之前，当我们前去看望他时，他已经患了流行性感冒。

火刑还在继续着。那个著名的基督山伯爵，以前曾经成功地越狱，逃出了滔滔大海中的孤堡，这一次却乖乖地屈从于阿罗的疯狂，曾经在四眼的皮箱中居住过的其他男子和女子，也无法逃脱他们被焚烧的命运。

这时候，就算是村长突然出现在我们的面前，我们也根本不会害怕他。借着我们一时的迷醉，我们甚至可能把他也投入火堆中活活烧死，就好像他也是文学作品中的一个人物。

不管怎么说，这里只有我们俩，再也没有任何其他人的影子。小裁缝已经走了，再也不会来看我们了。

她的出走，是一个令人震惊得手足无措的突发事件，那么出人意料，那么突如其来。

我们不得不在可怜巴巴的记忆中搜索良久，方才在惊魂甫定中，发现了一些蛛丝马迹，那些仅仅体现在衣着方面的痕迹，预示着一次致命的打击正在酝酿之中。

大约两个月之前，阿罗对我说，小裁缝正照着小说《包法利夫人》中的文字描述，在给自己做一个胸罩。听了阿罗的话，我当时就提醒他说，这可是天凤山上的第一件女性内衣，完全可以在地方志中记上一笔。

"她现在一门心思所想的，"阿罗对我说，"就是要变得像一个城市女孩。你瞧瞧，就连她现在说话时，她都在模仿着我们的口音。"

我们把小裁缝缝制胸罩，简单地看成是一个年轻姑娘单纯的爱打扮，追求漂亮，但是，我不知道，我们怎么竟然忽视了她个人衣装系列中的另外两样新东西，而这两件服装，哪一件她都不会在这一片大山里穿的。最开始，她要走了我那件蓝色的中山装，就是袖口上有三粒金光闪闪的小扣子的那一件，我仅仅穿过一次，那次装成大干部去千丈崖看望老磨工时穿的。她把它改了改，改短了，变成了一件女式上衣，不过还保留了一些男装的风格，带有四个衣袋和高高的领子。这是一件迷人的作品，但是它，在那个时候，只可能由一个生活在大城市中的女子来穿。后来，她又求她的父亲，在荥经镇的百货商店里为她买了一双白颜色的网球鞋，洁白无瑕。一种在这大山上无处不有的黄泥地上保持不了三天的颜色。

我还记得那一年的元旦。元旦算不上是真正的节日，但它是一个法定的休息日。跟往常一样，阿罗和我，我们去了小裁缝的家。我简直都快认不出她来了。走进她的家门，我还以为看见了一个城里的女中学生。她原先的那条扎着红布蝴蝶结的长辫子，现在变成了短头发，齐耳根剪得整整齐齐，这使她体现出另外的一种美，一种现代少女的美。她正在完成对中山装的修改。阿罗很满意她身上的变化，他没想到，她竟然会变得那么漂亮。当她试着穿上她刚刚完成的迷人杰作时，他的盲目喜悦达到了高峰：男式的正襟上衣，她的新发型，她一尘不染的洁白球鞋，这一切赋予了她一种奇特的性感，一种优雅的姿态，宣告了一个略带笨拙的漂亮村姑的消亡。看着她变成了这副样子，阿罗不禁沉浸于一种幸福中，就像是一个艺术家打量着自己刚完成的杰作。他在我的耳边喃喃道：

"咱们几个月的阅读终于没有白费。"

这种改变、这种巴尔扎克式再教育的结果，早已经于不经意中回响在了阿罗说的那句话里头了，但是，它并没有引起我们的警惕。是自我满足的意识躺在我们的身上呼呼地睡着大觉？还是我们过分地看高了爱情的美德？或者，更简单明白地说，我们其实并没有把握住我们给她阅读的那些小说的精髓？

二月份的一个早上，即疯狂的焚书之夜的前一天，阿罗和我，每人赶了一头水牛，翻耕着一块新近改为水稻田的玉米地。大约十点钟，村民们的叫声中止了我们手中的农活，他们告诉我们，老裁缝来找我们了，并让我们返回我们住的那座吊脚楼，老裁缝正在那里等我们。

他随身没有带缝纫机，却出现在了我们的吊脚楼前，这在我们看来，本身就是一个凶兆。当我们站在他的面前时，我们看到，他那饱经风霜的脸上，又增添了新的皱纹，他的颧骨变得鼓突出来，硬邦邦的，他满脑袋乱蓬蓬的头发，令我们不禁有些恐惧。

"我女儿今天早上走了，一大早就不见了。"他告诉我们。

"走了？"阿罗反问他道，"我不晓得这是啥意思。"

"我也不晓得，不过，她确实是走了。"

依他看来，他女儿是偷偷地从公社革委会那里开来了各种必要的证明，为了出远门之用。只是在头一天晚上，她才告诉了他她的意愿，说她要彻底改变自己的生活，到一个大城市去寻找机会，闯一番天地。

"我问她，这个事情你们两个是不是都晓得了，"他继续道，"她对我说你们不晓得，还说她只要安顿下来后，就会给你们写信的。"

"你本应该拦住她，不让她走的。"阿罗说，声音轻得像蚊子在叫，几乎都听不见。

他已经精神崩溃了。

"说啥子都没得用，"老人回答他说，他也精疲力竭了，"我甚至还对她说了，你要是胆敢出门，你就一辈子也别想再进这个家门。"

这时候，阿罗突然狂奔起来，绝望地奔上了陡峭的山路，想把小裁缝给找回来。一开始，我还在他身后紧紧地跟着，在岩石缝间抄了一段近路。那情景，很有些像我做过的一个梦，即小裁缝从那段危险的山路上掉下深深的山崖的那个梦。我们拼命地跑着，阿罗和我，跑在一个再也没有了小路的深渊中，我们沿着笔直的悬崖石壁向下滑着，却连一秒钟也没有想到，我们万一失足摔下去，就将粉身碎骨。跑了一会儿，连我自己也弄糊涂了，再也不知道我自己是在以前的梦境中跑着，还是在现实中跑着，或者，我是在一边跑着，一边回到了梦中。山上的岩石几乎全都是同样的暗灰色，上面覆盖着又湿又滑的青苔。

渐渐地，我被阿罗落下了很远。由于不停地跑，在山岩间跳上跳下，飞来飞去，我以往梦境的结尾又回到了我的脑海中，清清楚楚，确确实实。一只不知道藏在哪里的红喙乌鸦发出了报丧似的叫声，盘绕在空中，又回荡在我的脑子里；我仿佛觉得，随时随地，我们都将发现小裁缝的尸体，躺在一块岩石的下面，脑袋缩回到了肚子里，有两道血淋淋的裂口，一直裂到她那漂亮的额头上。脚步的急速运动妨碍了我头脑的思维。我不知道是什么动机在这充满危险的奔跑中支撑着我。是我对阿罗的友谊吗？是我对小裁缝的爱吗？或者，我仅仅是一个铁杆的观众，不肯错过一个故事的结局吗？我不明白这是为什么，但是，对以往那个梦境的回忆，一路上始终萦绕在我的心头。我的一只鞋裂开了口子。

经过了三四个钟头的奔跑，大步、小步、行走、滑行、坠落，甚至还有一个个筋斗和滚翻，最后，我终于看到小裁缝的身影出现了我的眼前，她坐在一块突伸出来的山石上，石头底下有一大片形状如土包的坟头，这时候，我的心头才终于一阵轻松，我那噩梦中的恶鬼终于祛除了。

我放慢了脚步，然后，瘫倒在地上。在山道边上，我筋疲力尽，空空的肚子也咕噜咕噜地叫唤起来，脑袋微微地发晕。

这个地方我很熟悉。就是在这里，几个月以前，我遇到了四眼的母亲。

幸亏，我在心里对自己说，小裁缝在这里歇脚了，兴许，她是打算顺便来墓地跟她的祖宗告别一下。感谢老天爷，我跑了一路，现在终于可以停一停了，要不然，这颗心都快要跳碎了，我都要变成疯子了。

我停歇在他们上方十来米的地方，从这个位置看去，我可以居高临下地看到他们相会的情景，一开始，当阿罗走近的时候，小裁缝朝他扭过了脑袋。完完全全跟我一样，阿罗也筋疲力尽了，一屁股就瘫坐在了地上。

我简直不敢相信我自己的眼睛：那情景凝结成了一个固定的形象。姑娘身穿男式上衣，留着短发，脚上是一双洁白的球鞋，坐在一块岩石上，纹丝不动，而那个小伙子，躺在泥地上，瞧着他头顶上的云彩。我没有觉得他们在谈话，反正，我是什么都没有听见。我本来希望看到一个激情强烈爆发的场面，有叫喊，有争吵，有解释，有眼泪，有诅咒，但是，什么都没有。一片寂静。要是没有香烟的烟雾从阿罗的嘴里冒出来，我简直就会以为他们俩已经变成了一对石雕。

尽管，在这种情景之下，恶言怒语或沉默无语都会导致同样的结果，而且我们很难对这两种影响有所不同的谴责风格做出比较，可我依然觉得，阿罗当时的对策兴许还是弄错了，或者可以说，他过早地屈从了无力的字词。

在一片突兀出来的石条条底下，我用树枝和枯叶点燃了一堆火。从我随身所带的小挎包中，我掏出了几个甘薯，搁在火灰中烤。

不知怎么搞的，我的心中第一次暗暗地责怪起小裁缝来。尽管我局限在自己所扮演的观众角色中，我还是觉得跟阿罗一样受了骗，并不是因为她的出走，而是因为我对此竟然一无所知，这就好像，在她堕胎期间我们俩的那种同谋关系，现在已经从她的记忆中被一笔抹除，这就好像，对她来说，我从来就只是也只能是她朋友的一个朋友。

我用一根树枝的尖头，戳起埋在冒烟的火灰堆里的一个甘薯，来回倒着手地捧着，往它上面吹气，掸掉甘薯皮上的土和灰。突然，在我的下方，从两个石头雕塑的嘴里，终于传出了一阵说话的声音。他们低声地说着话，尽管声音很低，却沉稳有力。我隐隐约约地听到巴尔扎克的

· 245 ·

名字，不禁问自己：这个法国作家跟他们的故事有什么关系？

就在我为沉默被打破而感到开心的这一刻，凝固的形象开始活动起来。阿罗站起身来，而她也从坐着的那块石头上一跳而下。但是，她并没有扑进她那个近乎绝望的情人的怀抱中，而是一把抓起她的包裹，扭头就走，迈着坚定的步子。

"等一等，"我高声喊道，手里挥舞着一个甘薯，"过来吃一个甘薯吧！我这是特地为你烤的。"

我的第一声叫喊，让她匆匆跑上了山路，我的第二声，催促她走得更远，而我的第三声，令她变成了一只小鸟，连一秒钟也不肯歇一歇，就高高地飞走，越飞越小，最终消失在远方。

阿罗来到了我身边，向着火堆。他坐了下来，脸色苍白，没有一句抱怨，也没有一声断言。这是疯狂焚书之前几个钟头的事。

"她走了？"我问他说。

"她想去一个大城市，"他对我说，"她对我说到了巴尔扎克。"

　　"还有呢？"

　　"她对我说，巴尔扎克让她明白了一个道理：一个女人的美是一件无价之宝。"

译后记

　　第一次听说《巴尔扎克与小裁缝》这部作品，还是在2000年，法国报纸杂志上的书讯经常提到，有一个叫Dai Sijie的中国人写了一本小说，叫作《巴尔扎克与中国小裁缝》，好评如潮，畅销异常，数月之内，占据了图书畅销排行榜的前列。

　　中国人在法国用法语写小说并得到好评的例子，现在是越来越多了。许多年前，有盛成老先生和沈大力先生的作品，到20世纪的80年代末，有亚丁的《高粱红了》，前几年有程抱一的《天一言》，还有与《巴尔扎克与小裁缝》差不多同时出版的山飒的《女棋手》。在我认识的年轻人中，就有董强和李金佳两位才俊用法语写作过小说，在法国出版并得到好评。程抱一先生的法文名字是Francois Cheng，2002年入选为法兰西学士院的院士，成为了法国人所谓的"不朽者"。他的《天一言》获得了法国1998年的费米娜奖。山飒女士的《女棋手》获得了2001年的中学生龚古尔奖①。戴思杰的《巴尔扎克与小裁缝》也在法国获得了两个文学奖②。

中国人用法语写作，似乎成了一种不大不小的时髦，这不禁使我想起了法国文坛上的一次调查：出生比利时的女作家弗朗索瓦丝·玛莱-若里斯在答法国《读书》杂志的调查提问"什么是20世纪最重要的文学事件"时，曾这样说："有一个现象在我看来很重要：在最近几十年中，尽管法语在许多友好国家中失去了影响，却有许多作家，

---

① 中学生龚古尔奖借龚古尔奖的大名，由中学生组成的评委评出，旨在表明青少年的阅读趣味，其权威性无法与龚古尔奖相比，但声势颇大。

② 分别是prix Edmee de La Rochefoucauld 2000和prix Relay du Roman d' Evasion。

且数目不小，放弃了母语而选用法语创作作品。"①她列举了许多名字，其中有以《等待戈多》而开创了荒诞派戏剧的爱尔兰人萨缪尔·贝克特，写了剧本《乒乓》的亚美尼亚人亚瑟·阿达莫夫，把《犀牛》搬上舞台的罗马尼亚人尤金·尤奈斯库，与肉欲搏斗了一生的天主教徒、美国人朱利安·格林，名单中还有至今仍活跃在巴黎文坛的赫克托·比昂乔第、埃杜阿尔多·马奈、安德烈·马金等人。

其实何止这些人呢，出生俄罗斯的新小说女将娜塔丽·萨罗特，文笔犀利的评论大师罗马尼亚人E.M.乔朗，都选择了法语为创作语言，从东欧走向了法兰西；捷克人米兰·昆德拉早就定居法国，他的《被背叛的遗嘱》《缓慢》《身份》等都改用法文来写。

包括中国人在内的那么多外国人用法语写作，从世界的四面八方走向了法兰西，确实值得法国人自豪，因为是法国的魅力吸引了那些外国作家。

我认为，这里的吸引和趋向有不少原因。首先，法国文化所处的十分自由、宽松的大气候，有利于国内外作家

① 见法国《读书》1997年夏季号。

充分发挥各自的才华。作为文化大国的法国，已基本排除了文化种族主义；相反，基于某种文化渗透主义，政府倒是特别提倡向全世界传播法兰西文化。外国人用法文来写作，对他们来说正是求之不得的好事。

其次，被法国人称为世上最美丽、最纯洁的语言的法语，已渐渐地被美国人的英语打败。语言在政治、经济，甚至"文化工业"方面的落后，迫使法国人下力气在传统的优势——文学、艺术——上做出更大的努力。至今居然仍有那么一些外国人在用法文写作，怎能不让法国人感动呢？

还有，法国文学历来具有标新立异、推陈出新、反传统的"传统"，谁都不要求今天的作家写得跟福楼拜和梅里美一样漂亮，而写作者也都在追求能写出跟别人不一样的东西来。这就使那些外国人在用法文写作时跟法国人一样，有了同一个起跑线，觉得自己并不比法国人缺多少法兰西文化底蕴，他们在用法文写作时无疑多了几分豪壮，至少不那么胆怯。

但是，中国人（或更广义地说，外国人）用法语写作，写的基本上还是中国（法国之外的外国）的题材，是那些作家所熟悉或经历过的自己的文化背景和自身的生命激情。这一块，是上帝——哦不，应该说是生命——留给他们的最重要的根基，从文化上说是这样，从语言上说是这样，从创作的素材上说也是这样。要写他们到法国之后（因为，他们确实是从中国或其他外国到的法国）的生活，他们根本无法跟土生土长的法国人抗衡，即便要写这些东西，他们也愿意用汉语来写，写给还没有去过法国的中国人看。说白了，用那一些法兰西的材料，他们根本无法糊弄法兰西人，面对法国人的文化传统和价值观念，他们没有信心深入这一领域去写作。

程抱一的《天一言》通过一个曲折的、充满悲伤情调的爱情故事和成长故事，尤其是天一和玉梅、浩郎之间发生的那段催人泪下的爱情与友情的故事，描画了一个中国知识分子的心路历程，追述了主人公对中国传统艺术和西方现代艺术的双重探索过程。山飒女士的《女棋手》以抗日战争中被日本侵略军占领的中国东北为背景，描写了一个发生在战争中的爱情故事，同时对神秘的围棋艺术做了一种充满着"游戏精神"的探索。而戴思杰的《巴尔扎克与小裁缝》，则描写了几个知识青年在四川的农村接受再教育的过程中，自觉地接受了以巴尔扎克为代表的西方经典文学的再教育，写出了"文化大革命"中青少年的文化饥渴和对知识、自由的向往。

记得昆德拉对这个"移民作家的艺术问题"提出了他自己的看法："生命中数量相等的一大段时光对青年时代与对成年时代所具有的分量是不同的。如果说，成人时代对于生活以及对于创作都是最丰富最重要的话，那么，潜意识、记忆力、语言等一切创造的基础则在很早时就形成了。对一个医生来说，这可能不会有什么问题，但是对一个小说家，对一个作曲家来说，离开了他的想象力、他萦绕在脑际的念头、他的基本主题所赖以存在的地点，就可能导致某种割裂。他不得不调动起一切力量、一切艺术才华，把这生存环境的不利因素改造成他手中的一张王牌。"①我深以为然。

---

① 见《被背叛的遗嘱》第三部分"纪念斯特拉文斯基即席之作"。由笔者翻译的中译本，将由上海译文出版社在2003年推出。

王牌之一就是异国情调，而这王牌所赖以发挥作用的因素，恰恰是成人时代之前的"潜意识、记忆力、语言等一切创造的基础"。作者所熟悉的中国背景、中国文化、中国传统，恰恰是法国读者不了解而又希望了解的。再说白了，最好的写作方法，是以作者自己所长、法国读者所短的"中国文化背景中的自身生活"，来吸引读者。

专门写给法国读者的作品，毕竟跟写给中国读者的作品有所不同，作者在写的时候，就很自觉地考虑到了他所要体现的价值观念。因为，无论如何，由于文化传统、主流意识形态、民族个性等的不同，中国读者和法国读者所奉行的主流价值观是不同的。一个比较强调集体主义，追求与他人、社会以及自然的和谐，另一个比较强调个人主义，追求自由、平等、博爱。因此，作者在创作过程中，肯定在自觉或不自觉地考虑着，如何适合读者的口味。

对《巴尔扎克与小裁缝》的作者戴思杰来说，他的对象是不太熟悉中国、"文化革命"、上山下乡的法国读者，于是，他需要在小说中特别考虑到，给法国读者以一种带着异国情调的文化背景。《巴尔扎克与小裁缝》中的

"小裁缝"所代表的是中国的乡土文化，她最终被"巴尔扎克"所代表的法兰西文化诱惑，在很大程度上也满足了法国读者的虚荣心和价值观，这恰恰也是作品在法国受欢迎的原因之一。我预计，这一点，在当前中国比较开放的文化背景中，可能也会促成作品（同一题材的电影已经先于小说译本在中国拍摄）在中国的成功。因为，"小裁缝"和"巴尔扎克"所代表的两种文化价值如何融合、如何交流的问题，已经在中国提了出来。

在《巴尔扎克与小裁缝》中，我们可以看到这样的一条价值趋向的链条：小裁缝（老裁缝、村长）——阿罗和我（我的小提琴，阿罗的闹钟，我们所讲的电影故事）——四眼和他的母亲——四眼的书（巴尔扎克等西方作家、小镇中的那个老牧师）。在作者看来，这一链条中的价值观念由小而大地递增，在法国读者的心中，这些人的文明程度也在由小而大地递增。

出于同样的对异国情调的考虑，作者对小说中具有中国特色且并不容易为法国读者明白的因素，要做种种的解释。这样，在《巴尔扎克与小裁缝》中，作者不止一次地强调四川是中国人口最多的省，有一亿人，还花费很大的篇幅解释知识青年是怎么回事，这些，在中国读者看来，完全是画蛇添足，而对法国读者来说，则是中国文化的基础课，作者只能那么写。有些术语也因此而改变了面貌。举例子说，当时的中国，人与人之间最常见的称呼是"同志"，小说中则写成了"先生"，"文革"中被打倒或靠边站的，大都统称为"阶级敌人"，而不是小说中强调的"人民的敌人"。

在翻译的时候，这些改变了的东西可以适当地再变过来，或者说，还原过来，以中国读者熟悉的面貌出现，但也不能完全还原过来。这对译者是一个小小的困难，我的处理是，把最普通的说法还原成中国式的，如"先生"还原为"同志"，"人民的敌人"还原为"阶级敌人"。但在小说中，有一些特别强调的地方，如出身不好的知识青年经过锻炼可以回城的比例，小说中一再强调是"千分之三"，我知道不会那么少，至少应超过百分之十，但我就不去改动它了。因为，这些惊人的数字比例是写给法国读者的，是为了给他们以一个"震惊"，吸引他们的注意力。

我喜欢《巴尔扎克与小裁缝》的地方，在于作品中的主人公的命运所具有的共性，它很有些像我当年上山下乡时的命运。例如：同样的喜欢读书，尤其是偷偷地读封资修的"黑书"。我记得，有时偶尔得到一本好书，几个好友肯定是几班倒着读，先睹为快，读个通宵也是有过的事情；同样的喜欢说书，我给一同去上山下乡的知青们讲过《水浒》，还在火车上给一个一起回城探亲的知青讲过陀思妥耶夫斯基的《被侮辱与被损害的》，当然，我也听别人讲过《简·爱》；同样的也抄过书，《红楼梦》中的诗词，我抄了厚厚的一本，也背了下来；同样，在露天电影场上看反面电影的经历，也实在令人难忘……

所以，当北京十月文艺出版社的韩敬群先生向我约翻译稿的时候，我并没有犹豫，就答应下来了。翻译的过程，也是我回忆当年饥不择食地恶补外国文学课的过程。当然，有一点我跟小说的叙述者是不同的，我没有机会偷书，下乡时读书是东一本西一本地借来看，而后，进城读大学时，则是到图书馆借阅，还有就是买书，记得，在

1978年5月之后的几个月里，每个星期日，我都要去北京大学西南小门外的海淀镇小街的新华书店，疯狂地购买新出版的和重新印行的外国文学名著，那时候，我带工资上大学，兜里有几个小钱，而且图书也很便宜，几角钱一本，厚的也不过一元多一点。《巴尔扎克与小裁缝》中的主人公最喜爱的《约翰·克里斯朵夫》四大本，只售4.30元；而一本《高老头》，只要掏0.73元就可以买下。那个时代，也有不少美好的回忆。

拉拉杂杂，是为译后记。

余中先

2003年1月22日雪后放晴

于北京芳群园寓中

图书在版编目 (CIP) 数据

巴尔扎克与小裁缝 / 戴思杰著；余中先译 . – 北
京：北京十月文艺出版社，2016.10
ISBN 978-7-5302-1615-6

Ⅰ.①巴… Ⅱ.①戴…②余… Ⅲ.①长篇小说 – 中
国 – 当代 Ⅳ.① I247.5

中国版本图书馆 CIP 数据核字 (2016) 第 182949 号

著作权合同登记号：图字：01-2015-8082
Author: Dai Sijie
Title: BALZAC ET LA PETITE TAILLEUSE CHINOISE
版权声明：© Editions GALLIMARD, Paris, 2000
　　　　　© 2016 中文简体字版由北京出版集团独家出版发行
版权所有　不得翻印

巴尔扎克与小裁缝
BA ER ZHA KE YU XIAO CAI FENG
戴思杰　著　余中先　译

出　　版　北京出版集团公司
　　　　　北京十月文艺出版社
地　　址　北京北三环中路 6 号
邮　　编　100120
网　　址　www.bph.com.cn
发　　行　新经典发行有限公司
　　　　　电话（010）68423599
经　　销　新华书店
印　　刷　北京盛通印刷股份有限公司
版　　次　2016 年 10 月第 1 版
　　　　　2016 年 10 月第 1 次印刷
开　　本　787 毫米 ×1092 毫米　1/32
印　　张　8.5
字　　数　120 千字
书　　号　ISBN 978-7-5302-1615-6
定　　价　28.00 元
质量监督电话　010-58572393
如有印装质量问题，由本社负责调换。